BESTSELLER

Umberto Eco, nacido en Alessandria, Piamonte, en 1932, fue, durante más de cuarenta años, titular de la Cátedra de Semiótica de la Universidad de Bolonia y director de la Escuela Superior de Estudios Humanísticos en la misma institución. Desarrolló su actividad docente en las universidades de Turín, Florencia y Milán, e impartió asimismo cursos en varias universidades de Estados Unidos y de América Latina. En 2013 fue nombrado doctor *honoris causa* por la Universidad de Burgos. Entre sus obras más importantes publicadas en castellano figuran: *Obra abierta, Apocalípticos e integrados, La estructura ausente, Tratado de semiótica general, Lector in fabula, Semiótica y filosofía del lenguaje, Los límites de la interpretación, Las poéticas de Joyce, Segundo diario mínimo, El superhombre de masas, Seis paseos por los bosques narrativos, Arte y belleza en la estética medieval, Sobre literatura, Historia de la belleza, Historia de la fealdad, A paso de cangrejo, Decir casi lo mismo, Confesiones de un joven novelista* y *Construir al enemigo*. Su faceta de narrador se inició en 1980 con *El nombre de la rosa*, que obtuvo un éxito sin precedentes. A esta primera novela siguieron *El péndulo de Foucault* (1988), *La isla del día de antes* (1994), *Baudolino* (2001), *La misteriosa llama de la reina Loana* (2004), *El cementerio de Praga* (2010) y *Número Cero* (2015). Murió en Milán el 19 de febrero de 2016.

UMBERTO ECO

Número Cero

Traducción de
Helena Lozano Miralles

DEBOLS!LLO

Papel certificado por el Forest Stewardship Council®

Título original: *Numero zero*

Primera edición en Debolsillo: febrero de 2016
Primera reimpresión: noviembre de 2018

© 2015, Bompiani / RCS Libri S.p.A. - Milán
© 2015, Penguin Random House Grupo Editorial, S. A. U.
Travessera de Gràcia, 47-49. 08021 Barcelona
© 2015, Helena Lozano Miralles, por la traducción

Printed in Spain – Impreso en España

ISBN: 978-84-663-3200-2
Depósito legal: B-25.829-2015

Compuesto en Comptex & Ass., S. L.

Impreso en Liberdúplex
Sant Llorenç d'Hortons (Barcelona)

P 3 3 2 0 0 A

Penguin
Random House
Grupo Editorial

Para Anita

Only connect!

E. M. FORSTER

I

Sábado, 6 de junio de 1992, 8 h

Esta mañana no salía agua del grifo.

Glu, glu, dos eructillos de recién nacido, y nada más.

He llamado a la puerta de la vecina: en su casa todo bien.

Habrá cerrado usted la llave de paso, me ha dicho. ¿Yo? Ni siquiera sé dónde está, hace poco que vivo aquí, ya sabe usted,
y vuelvo a casa que ya es de noche. Dios mío, ¿y cuando se va
una semana fuera no cierra ni el agua ni el gas? Yo no. Menuda imprudencia, déjeme entrar, que ya le enseño yo.

Ha abierto el armarito que está debajo del fregadero, ha
movido algo, y el agua ha llegado. ¿Lo ve? La había cerrado.
Perdóneme, soy tan distraído. ¡Es que ustedes los *singles*! *Exit*
vecina, que ya hasta usted habla inglés.

Nervios bajo control. No existen los *poltergeist*, solo en las
películas. Y no es que yo sea sonámbulo, porque aun siendo
sonámbulo no hubiera sabido de la existencia de esa llave, si
no, la hubiera usado estando despierto, porque la ducha pier-
de y siempre corro el riesgo de pasarme la noche con los ojos

como platos sin dejar de oír esa gota un solo instante, parece como si estuviera en Valldemossa. Y claro, me despierto cada dos por tres, me levanto y voy a cerrar la puerta del baño, y la que está entre mi cuarto y la entrada, para no oír ese maldito goteo.

No puede haber sido, qué sé yo, un contacto eléctrico (la llave de paso es una llave, requiere una mano que la maneje, válgame la redundancia) y tampoco puede haber sido un ratón que, aunque hubiera pasado por ahí, no habría tenido fuerza para mover el artilugio. Se trata de una rueda de hierro a la antigua (todo en este piso se remonta a hace por lo menos cincuenta años) que, además, está oxidada. Requería una mano, pues. Humanoide. Y no poseo una chimenea por la que pueda haber pasado el orangután de la calle Morgue.

Razonemos. Cada efecto tiene su causa, por lo menos eso dicen. Descartemos el milagro, no veo por qué ha de preocuparse Dios por mi ducha, que claramente no es el mar Rojo. Así pues, a efecto natural, causa natural. Anoche, antes de acostarme, me tomé un Stilnox con un vaso de agua. Y, por lo tanto, hasta entonces salía agua. Esta mañana ya no salía. Por lo tanto, querido Watson, la llave ha sido cerrada durante la noche, y no por ti. Alguien, uno, o más de uno estaban en mi casa y tenían miedo de que, más que el ruido que hacían ellos (eran la mar de sigilosos), me despertara el preludio de la gota, que les molestaba incluso a ellos, y a lo mejor hasta se preguntaron cómo no me despertaba. Así pues, astutísimos, hicieron lo que también hubiera hecho mi vecina: cerraron el agua.

¿Y luego? Los libros están dispuestos en su desorden normal, podrían haber pasado los servicios secretos de medio mundo y haberlos hojeado página a página, y no me daría cuenta. Es inútil que mire en los cajones o que abra el armario del recibidor. Si querían descubrir algo, hoy en día no tienen más remedio que fisgar en el ordenador. Quizá para no perder tiempo lo han copiado todo y se han vuelto a casa. Y solamente ahora, abre que te abre cada archivo, se han percatado de que en el ordenador no había nada que pudiera interesarles.

¿Y qué esperaban encontrar? Es evidente —quiero decir, que no veo otra explicación— que buscaban algo relacionado con el periódico. No son tontos, habrán pensado que debí tomar apuntes de todo el trabajo que hacemos en la redacción; y, por lo tanto, que, si sé algo del asunto Braggadocio, debería de tener escrito algo en algún sitio. Ahora se habrán imaginado la verdad, que lo tengo todo en un disquete. Naturalmente, esta noche habrán visitado también los despachos, y no habrán encontrado rastro de disquetes que me pertenezcan. Por lo tanto, están llegando a la conclusión (pero solo ahora) de que a lo mejor lo tengo yo en un bolsillo. Qué gilipollas, si es que somos una pandilla de gilipollas, estarán diciéndose, teníamos que haber registrado la chaqueta. ¿Gilipollas? Mamones. Si llegan a ser listos no habrían acabado haciendo un trabajo tan sucio.

Ahora lo volverán a intentar, supongo que al menos les llega para lo de la carta robada: hacen que me ataquen por la calle unos falsos salteadores. Por lo cual tengo que darme prisa, antes de que lo vuelvan a intentar, mandar el disquete a una lista de correos y ver luego cuándo pasar a recogerlo. Pero qué tonterías se me pasan por la cabeza, aquí ya ha habido un muerto y Simei se ha pirado. A ellos no les sirve ni siquiera saber si sé, ni qué sé. Por prudencia, me quitan de en medio, y sanseacabó. Y tampoco puedo ir a la prensa con el cuento de que no sabía nada de ese asunto, porque al decirlo, hago saber que algo sabía.

¿Cómo me he metido en este jaleo? Creo que la culpa es del profesor Di Samis y de que yo sabía alemán.

¿Por qué me viene a la cabeza Di Samis, un tema de hace ya cuarenta años? Es que nunca he dejado de pensar que Di Samis tuvo la culpa de que no me sacara la licenciatura y, si me he metido en este embrollo, es porque nunca acabé la carrera. Por otro lado, Anna me abandonó tras dos años de matrimonio porque se dio cuenta, palabras textuales, de que yo era un perdedor compulsivo; vete a saber qué le contaría yo antes, para presumir.

Nunca llegué a terminar la carrera porque sabía alemán. Mi abuela era del Alto Adigio y, de pequeño, lo hablaba con ella. Desde el primer año de universidad acepté traducir libros del alemán para costearme los estudios. Por aquel entonces saber el alemán ya era una profesión. Se leían y traducían libros que los demás no comprendían (y que por aquel entonces se consideraban importantes), y estaban mejor pagados que las traducciones del francés e incluso del inglés. Me parece que hoy en día les pasa lo mismo a quienes saben el chino o el ruso. En cualquier caso, o traduces del alemán o te sacas la licenciatura, ambas cosas no se pueden hacer a la vez. En efecto, traducir significa quedarse en casa, con frío o con calor, y trabajar en zapatillas, aprendiendo además un montón de cosas. ¿Por qué debería uno ir a clase a la facultad?

Por vaguería decidí matricularme en un curso de alemán. Así tendré que estudiar poco, me decía, a fin de cuentas ya me lo sé todo. La lumbrera era, por aquel entonces, el profesor Di Samis, que había creado lo que los estudiantes llamaban su nido de águilas en un edificio barroco desvencijado, donde se subía una escalinata y se llegaba a un gran vestíbulo. A un lado se abría el instituto de Di Samis, al otro estaba el aula magna, como la llamaba pomposamente el profesor, que no era sino un aula donde cabían unas cincuenta personas.

En el instituto se podía entrar solo si se calzaban pantuflas. En la entrada había suficientes para los ayudantes y dos o tres estudiantes. Los que se quedaban sin pantuflas esperaban su turno fuera. Todo estaba encerado, creo que incluso los libros de las paredes; y la cara de los ayudantes, viejísimos, que llevaban esperando desde tiempos prehistóricos su turno para llegar a la cátedra.

El aula tenía una bóveda altísima y ventanales góticos (nunca entendí por qué en un edificio barroco) y vidrieras verdes. A su hora, es decir a la hora y catorce, el profesor Di Samis salía del instituto, seguido a un metro por el ayudante anciano, y a dos metros por los más jóvenes, que rayaban los cincuenta. El ayudante anciano le llevaba los libros, los jóvenes la grabadora: las grabadoras, todavía a finales de los años cincuenta, eran enormes, parecían un Rolls Royce.

Di Samis recorría los diez metros que separaban el instituto del aula como si fueran veinte: no seguía una línea recta sino una curva, no sé si una parábola o una elipse, diciendo en voz alta «¡Aquí estamos, aquí estamos!», luego entraba en el aula y se sentaba en una especie de podio tallado; y uno se esperaba que empezara con llamadme Ismael.

La luz verde de las vidrieras volvía cadavérico su rostro que sonreía maligno, mientras los ayudantes ponían en marcha la grabadora. Luego empezaba: «Contrariamente a lo que ha dicho hace poco mi valioso colega el profesor Bocardo...», y así dos horas seguidas.

Aquella luz verde me inducía somnolencias acuosas, lo decían también los ojos de los ayudantes. Yo conocía su sufrimiento. Al final de las dos horas, mientras nosotros los estudiantes salíamos zumbando, el profesor Di Samis mandaba rebobinar la cinta, bajaba del podio, se sentaba democráticamente en la primera fila con sus ayudantes y todos juntos volvían a escuchar las dos horas de clase, mientras el profesor asentía con satisfacción a cada paso que le parecía esencial. Y nótese que el curso trataba de la traducción de la Biblia, en el alemán de Lutero. Una gozada, decían mis compañeros, con la mirada encandilada.

Al final del segundo curso, aunque hubiera asistido muy poco a clase, me atreví a proponer una memoria de licenciatura sobre la ironía en Heine (me parecía un consuelo su forma de tratar los amores infelices con lo que a mí me parecía un debido cinismo: me estaba preparando, en amores, a los míos). «Ah, los jóvenes, los jóvenes —me dijo Di Samis desconsolado—, os desvivís por los contemporáneos...»

Me pareció entender, en una especie de iluminación, que la tesis con Di Samis había naufragado. Entonces pensé en el profesor Ferio, más joven, que gozaba de la fama de tener una inteligencia deslumbrante, y se ocupaba de la época romántica y aledaños. Pero los compañeros más mayores me advirtieron que, en la tesis, tendría de todas maneras a Di Samis como director, y no debía acercarme al profesor Ferio de forma oficial, porque Di Samis se enteraría inmediatamente y me juraría odio eterno. Tenía que llegar por otros caminos, como si, a la postre, hubiera sido Ferio el que me hubiera pedido que hiciera la tesis con él: Di Samis la tomaría con él y no conmigo. Di Samis odiaba a Ferio, por la sencilla razón de que lo había colocado él en la cátedra. En la universidad (entonces, pero creo que también hoy en día) las cosas funcionan de manera contraria al mundo normal: no son los hijos los que odian a los padres sino los padres los que odian a los hijos.

Pensaba que lograría acercarme a Ferio como por casualidad, durante una de aquellas conferencias mensuales que Di Samis organizaba en su aula magna, frecuentadas por muchos colegas porque conseguía invitar siempre a estudiosos célebres.

Ahora bien, las cosas funcionaban así: inmediatamente después de la conferencia seguía el debate, y lo monopolizaban los profesores; luego, salían todos porque el orador estaba invitado al restaurante La Tartaruga, el mejor de la zona: estilo de mediados del siglo XIX y camareros todavía de frac. Para ir desde el nido de águilas hasta el restaurante había que recorrer una gran calle con soportales, cruzar una plaza histórica, doblar la esquina de un palacio monumental y, por fin, cruzar una segunda plazoleta. A lo largo de los soportales, el orador procedía rodeado por los catedráticos, seguidos a un metro por los encargados, a dos por los ayudantes y a razonable distancia por los estudiantes más valientes. Una vez llegados a la plaza histórica, los estudiantes se despedían; en la esquina del palacio monumental saludaban los ayudantes; los encargados cruzaban la plazoleta pero se retiraban en el umbral del restaurante, donde entraban solo el huésped y los catedráticos.

Por eso el profesor Ferio nunca supo de mi existencia. Mientras tanto, me había desengañado del ambiente, ya no iba a clase. Traducía como un autómata, pero hay que aceptar lo que te dan, y vertía en el *dolce stil nuovo* una obra en tres volúmenes sobre el papel de Friedrich List en la creación de la *Zollverein*, la Unión aduanera alemana. Se entiende por qué, entonces, dejé de traducir del alemán, pero ya era tarde para retomar la carrera.

Lo malo es que no aceptas la idea: sigues viviendo convencido de que un día u otro te examinarás de todo lo que te queda y redactarás la tesis. Y cuando vives cultivando esperanzas imposibles, ya eres un perdedor. Y cuando te das cuenta, te hundes.

Al principio encontré trabajo como tutor de un niño alemán, demasiado estúpido para ir al colegio, en Engadina. Clima excelente, soledad aceptable: resistí un año porque la paga era buena. Un día, la madre del chico me arrinconó en un pasillo, dejándome entender que no le disgustaría entregarse (a mí). Tenía los dientes salidos y una sombra de bigote, y le di a entender, amablemente, que no abundaba yo en su misma opinión. Tres días después me despidieron, porque el chico no hacía progresos.

Entonces me gané la vida escribiendo. Me ofrecí para escribir en los periódicos, pero me tomaron en consideración solo en algún diario local, para cosas como la crítica teatral de los espectáculos de provincias y las compañías de variedades. Incluso logré hacer unas reseñas por dos perras de espectáculos de variedades, espiando entre bambalinas a las bailarinas, vestidas de marineritas, fascinado por su celulitis, y siguiéndolas a la cafetería, a cenar un café con leche; y, si no estaban sin blanca, un huevo a la plancha con mantequilla. Allí tuve mis primeras experiencias sexuales con una cantante, a cambio de una notita indulgente; para el boletín de Saluzzo, pero a ella le bastaba.

No tenía patria, viví en ciudades distintas (llegué a Milán sólo porque me llamó Simei), corregí galeradas para por lo menos tres editoriales (universitarias, nunca para grandes editores), para una revisé las entradas de una enciclopedia (había que controlar las fechas, los títulos de las obras, y todo eso), trabajos todos ellos en los que me hice una cultura, o mejor, una cultura monstruosa, como diría Paolo Villaggio. Los perdedores, como los autodidactas, tienen siempre conocimientos más vastos que los ganadores. Si quieres ganar tienes que saber una cosa sola y no perder tiempo en sabértelas todas; el placer de la erudición está reservado a los perdedores. Cuanto más sabe uno, es que peor le han ido las cosas.

Me dediqué durante algunos años a leer manuscritos, que los editores (algunas veces también los importantes) me mandaban, porque en la editorial nadie tiene ganas de leerse los manuscritos que les llegan. Me daban cinco mil liras por manuscrito, me pasaba todo el día tumbado en la cama y leía furiosamente, luego redactaba un informe en dos cartillas, dando lo mejor de mi sarcasmo para destruir al incauto autor; en la editorial todos se sentían aliviados, escribían al pringado que lamentaban rechazar su texto, y ya estaba. Leer manuscritos que jamás serán publicados puede llegar a ser un oficio.

Mientras tanto, hubo lo de Anna, que acabó como había de acabar. Desde entonces no he conseguido (y no he querido, ferozmente) pensar con interés en una mujer, porque tenía miedo de volver a fracasar. Del sexo me he ocupado de forma terapéutica, alguna aventura casual, en que no tienes miedo de enamorarte, una noche y fuera, gracias, ha estado bien, y alguna relación periódica de pago, para no vivir obsesionado por el deseo (las bailarinas me habían vuelto insensible a la celulitis).

Mientras tanto, soñaba con lo que sueñan todos los perdedores, con escribir un día un libro que me daría gloria y riqueza. Para aprender cómo se podía llegar a ser un gran escritor le hice incluso de negro (o *ghost writer* como dicen por esos mundos, para ser políticamente correctos) a un autor de novelas policiacas, el cual a su vez, para vender, firmaba con un nombre americano, como los actores de los *spaghetti westerns*. Pero me gustaba trabajar en la sombra, cubierto por dos telones (el Otro, y el otro nombre del Otro).

Escribir una novela policiaca ajena era fácil, bastaba con imitar el estilo de Chandler, o a lo sumo el de Spillane; lo malo es que, cuando intenté esbozar algo mío, me percaté de que para describir a alguien o algo me remitía a situaciones literarias: no era capaz de decir que fulanito paseaba una tarde tersa y clara sino que decía que caminaba «bajo un cielo de Canaletto». Luego me di cuenta de que eso lo hacía también

D'Annunzio: para decir que una tal Costanza Landbrook tenía alguna cualidad, escribía que parecía una creación de Thomas Lawrence, de Elena Muti observaba que los rasgos de su fisonomía recordaban ciertos perfiles de Moreau el joven, y Andrea Sperelli recordaba al retrato del gentilhombre desconocido de la Galería Borghese. De este modo, para leerse una novela, el lector tendría que dedicarse a hojear los fascículos de cualquier historia del arte en venta en los quioscos.

Si D'Annunzio era un mal escritor, eso no quería decir que tuviera que serlo yo también. Para liberarme del vicio de la cita, resolví no escribir más.

En fin, nada del otro mundo, esta vida mía. Y a los cincuenta y pico, me llegó la invitación de Simei. ¿Por qué no? Merecía la pena intentar también esto.

¿Qué hago ahora? Si asomo la nariz de casa, peligro. Me conviene esperar aquí, a lo sumo están fuera y esperan a que salga. Y yo no salgo. En la cocina hay varios paquetes de galletas saladas y latas de carne. De ayer también me queda media botella de whisky. Puede bastar para pasar un día o dos. Me sirvo un trago (y luego quizá otro, pero solo por la tarde porque si uno bebe por la mañana, se atonta) e intento desandar hasta el principio de esta aventura, sin necesidad siquiera de consultar el disquete porque me acuerdo de todo, por lo menos de momento, con lucidez.

El miedo a morir infunde aliento a los recuerdos.

II

Lunes, 6 de abril de 1992

Simei tenía la cara de otro. Quiero decir, yo no me acuerdo nunca del nombre de uno que se llama Rossi, Brambilla o Colombo, ni tan siquiera Mazzini o Manzoni, porque tiene el nombre de otro, recuerdo solo que debe de tener el nombre de otro. Pues bien, de Simei no podías recordar su cara porque parecía la de alguien que no era él. Efectivamente, tenía la cara de todos.

—¿Un libro? —le pregunté.

—Un libro. Las memorias de un periodista, el relato de un año de trabajo para preparar un periódico que nunca saldrá. Por otra parte, el título del periódico debería ser *Domani*, que parece un lema para nuestros gobiernos: mañana, mejor lo hablamos mañana, ¿no? En cambio, el libro, como será un volver al ayer, se titulará *Domani: ieri*. Bonito, ¿no?

—¿Y quiere que lo escriba yo? ¿Por qué no lo escribe usted? Es un periodista, ¿no?, digo yo, visto que va a dirigir un periódico...

—Ser director no quiere decir saber escribir. El ministro de Defensa no tiene por qué saber lanzar una granada. Naturalmente, durante todo el año que viene, discutiremos del libro día a día, usted tendrá que ponerle el estilo, la pimienta, pero las grandes líneas las controlo yo.

—¿Quiere usted decir que el libro lo firmaremos ambos, o como entrevista de Colonna a Simei?

—No, no, querido Colonna, el libro saldrá firmado por mí; usted tendrá que desaparecer tras escribirlo. Usted será, si no se ofende, un *nègre*. Dumas los tenía, no veo por qué no he de poder tenerlos yo.

—¿Y por qué me ha elegido a mí?

—Porque usted tiene dotes de escritor…

—Gracias.

—… pero nadie se ha percatado nunca de ello.

—Gracias igualmente.

—Perdone, hasta ahora ha colaborado solo con periódicos de provincias, no ha pasado de peón cultural para algunas editoriales, ha escrito una novela para otro (no me pregunte cómo, pero ha caído en mis manos, y funciona, tiene su ritmo), y a sus cincuenta años ha venido corriendo a verme ante la noticia de que quizá tenía un trabajo que encomendarle. Así pues, usted sabe escribir, y sabe qué es un libro, pero apenas le da para malvivir. No debe avergonzarse. Míreme a mí: si voy a dirigir un periódico que no se va a publicar jamás, es porque nunca he sido candidato al Premio Pulitzer, y mi gran logro ha sido encargarme de una revista deportiva semanal y otra mensual solo para hombres, o para hombres solos, vea usted...

—Podría tener mi dignidad y rechazar su oferta.

—No lo hará porque le ofrezco seis millones de liras al mes durante un año, en negro.

—Es mucho, para un escritor fracasado. ¿Y después?

—Después, cuando me entregue el libro, digamos al cabo de unos seis meses tras la conclusión del experimento, otros diez millones, a tocateja, en metálico. Y esos los pongo de mi bolsillo.

—¿Y después?

—Pues después, asunto suyo. Si no se lo ha gastado todo en mujeres, caballos y champán, habrá ganado más de ochenta millones libres de impuestos en año y medio. Podrá tomárselo con calma para ver qué hace.

—Deje que me aclare. Si me ofrece seis millones a mí, lo digo sin ánimos de ofender, quién sabe cuánto sacará usted; luego estarán los demás redactores, y los gastos de producción, imprenta y distribución; ¿viene a decirme que alguien, un editor, supongo, está dispuesto a pagar durante un año este experimento para luego no hacer nada?

—No he dicho que no vaya a hacer nada. Ya se sacará su tajada. Pero yo no, si el periódico no sale. Naturalmente, no puedo excluir que al final el editor decida que el periódico tiene que publicarse de veras, pero entonces el asunto será un proyecto de envergadura y me pregunto si seguirá queriendo que me ocupe yo. Por eso me preparo por si a finales de este año el editor decide que el experimento ha dado los frutos que él se esperaba y que puede cerrar el negocio. Y me preparo como le he dicho: si todo se va al traste, publico el libro. Será una bomba y me sacaré un buen pico en términos de derechos de autor. O si no, pero es un suponer, alguien puede no desear que lo publique a cambio de cierta cantidad. Libre de impuestos.

—Entiendo. Pero quizá, si quiere que colabore lealmente, debe decirme quién paga, por qué existe el proyecto *Domani*, por qué es posible que fracase y qué dirá usted en el libro que, modestia aparte, habré escrito yo.

—Mire, el que paga es el *Commendatore* Vimercate. Habrá oído hablar de él.

—Sé quién es Vimercate; de vez en cuando sale en los periódicos: tiene el control de decenas de hoteles en la costa adriática, muchas residencias para jubilados e inválidos, cierta cantidad de negocios varios que van de boca en boca, alguna televisión local que empieza a transmitir a las once de la noche y solo subastas, teletienda y algún que otro *show* despechugado.

—Y unas veinte publicaciones.

—Revistillas, me parece, cotilleos sobre los divos como *Confidenziale*, *Peeping Tom*, y revistas semanales sobre investigaciones judiciales como *Il delitto illustrato*, *Cronaca 70*, porquería, basura.

—No, hay también revistas sectoriales, jardinería, viajes,

automóviles, veleros, *Il medico in casa*. Un imperio. Es bonita esta oficina, ¿no? Tengo hasta un ficus, como los ejecutivos de la RAI. Y tenemos a disposición un *open space*, como se dice en América, para los redactores, un despachito para usted, pequeño pero digno, y una habitación para el archivo. Todo gratis, en este edificio que alberga todas las empresas del *Commendatore*. Para todo lo demás, la producción e impresión de los números cero se harán aprovechando las máquinas de otras revistas, así que el coste del experimento se reduce de forma aceptable. Y estamos prácticamente en el centro, no como los grandes periódicos, que ahora hay que tomar dos metros y un autobús para llegar.

—¿Y qué es lo que espera el *Commendatore* de este experimento?

—El *Commendatore* quiere entrar en los altos círculos de las finanzas, de los bancos e incluso de los grandes periódicos. El instrumento es la promesa de un diario nuevo dispuesto a decir la verdad sobre todo. Doce números cero, digamos cero/uno, cero/dos en adelante, tirados en poquísimas copias reservadas que el *Commendatore* examinará y luego hará que las vea quien sabe él. Una vez que el *Commendatore* demuestre que puede poner en apuros a los altos círculos financieros y políticos, es probable que los elegidos le rueguen que desista de semejante idea: él renuncia a *Domani* y obtiene el pase para las altas esferas. Imagínese usted, es un decir, que pueda comprar un mero dos por ciento de acciones de un gran periódico, de un banco, de una cadena de televisión de las que cuentan.

No pude evitar un silbido.

—¡Un dos por ciento es muchísimo! ¿Tiene dinero para un negocio de ese calibre?

—No se haga el ingenuo. Estamos hablando de finanzas, no de comercio. Primero compras, y ya verás que el dinero para pagar te llega.

—Entiendo. Y entiendo también que el experimento debería funcionar tan solo si el *Commendatore* no dice que al final el periódico no se imprimirá. Todos deberán pensar que sus rotativas están en ascuas, digámoslo así, arden de impaciencia…

—Naturalmente. Que el periódico no vaya a salir, el *Commendatore* no me lo ha dicho ni siquiera a mí, simplemente me lo huelo, o mejor dicho, estoy seguro. Y no deben saberlo nuestros colaboradores, con los que nos reuniremos mañana: deberán trabajar pensando que están labrándose un porvenir. Este tema lo manejamos exclusivamente usted y yo.

—Pero ¿usted qué piensa sacar si luego cuenta todo lo que ha hecho en un año para favorecer el chantaje del *Commendatore*?

—No use la palabra chantaje. Nosotros publicaremos noticias, como dice el *New York Times*, «all the news that's fit to print»…

—… y a lo mejor alguna más…

—Veo que me entiende. Si luego el *Commendatore* usa

nuestros números cero para asustar a alguien o para limpiarse el trasero, eso es asunto suyo, no nuestro. Pero el punto es que mi libro no deberá contar lo que decidamos en nuestras reuniones de redacción, para eso no le necesito a usted, me bastaría con una grabadora. El libro tendrá que dar la idea de otro periódico, mostrar cómo yo durante todo un año me he empleado a fondo para realizar un modelo de periodismo independiente de toda presión, dejando entender que la aventura acabó mal porque no se podía alumbrar una voz libre. Por eso necesito que usted invente, idealice, escriba una epopeya, no sé si me explico…

—El libro dirá lo contrario de lo que ha sucedido. Excelente. Pero a usted le desmentirán.

—¿Quién? ¿El *Commendatore*, que debería decir que no, que el proyecto apuntaba solo a una extorsión? Mejor dejar que se crea que ha tenido que renunciar porque también él ha sido sometido a presiones, ha preferido sacrificar el periódico con tal de que no se convirtiera en una voz, como se suele decir, heterodirigida. ¿Y nos desautorizarán nuestros redactores, a los que el libro presentará como periodistas intachables? El mío será un *beseler* —así lo pronunciaba, como todos—, a quien nadie querrá o sabrá oponerse.

—Vale, visto que ambos somos hombres sin atributos, perdone la cita, acepto el pacto.

—Me gusta tratar con personas leales que dicen lo que tienen en el corazón.

III

Martes, 7 de abril

Primer encuentro con los redactores. Seis, parece que bastan.

Simei me había avisado de que yo no iba a tener que salir a la calle para hacer reportajes falsos, sino que tenía que estar siempre en la redacción para registrar los diferentes acontecimientos. Y así es como empezó, para justificar mi presencia:

—Señores, conozcámonos mutuamente. Este es el *dottore* Colonna, hombre de gran experiencia periodística. Trabajará a mi lado, y por ello lo definiremos como mi asistente de dirección; su tarea principal consiste en revisar todo lo que escriban. Cada uno de ustedes viene de experiencias distintas, una cosa es haber trabajado en un panfleto de extrema izquierda, y otra haberse curtido en, digámoslo así, la *Voz de la cloaca*, y puesto que (ya lo ven) somos espartanamente pocos, uno que haya trabajado siempre en necrológicas quizá tenga que escribir un fondo sobre la crisis de gobierno. Se trata, pues, de homogeneizar el estilo y, si alguien tuviera la debilidad de escribir *palingenesia*, Colonna les dirá que no deben hacerlo y les sugerirá el término alternativo.

—Una profunda regeneración moral —dije yo.

—Eso es. Y si alguien para definir una situación dramática dice que estamos en el ojo del huracán, me imagino que el *dottore* Colonna será tan juicioso que les recordará que, según todos los manuales científicos, el ojo del huracán es el único lugar donde reina la calma mientras el huracán se desata a su alrededor.

—No, *dottore* Simei —intervine—, en ese caso diré que hay que usar ojo del huracán porque no importa lo que dice la ciencia, el lector no lo sabe, y es precisamente el ojo del huracán el que le da la idea de que se halla en medio de un lío. Así lo han acostumbrado la prensa y la televisión. Así como le han convencido de que se dice *choppin* y *manágment* mientras debería decirse *shopping* y *mánagment*.

—Excelente idea, *dottore* Colonna, hay que hablar el lenguaje del lector, no el de los intelectuales que no dicen «billete de autobús» sino «título de transporte». Por otra parte, parece ser que nuestro editor dijo una vez que los espectadores de sus cadenas de televisión tienen una edad media (digo edad mental) de doce años. Los nuestros no, pero siempre es útil asignarles una edad a los propios lectores: los nuestros deberían tener más de cincuenta años, serán buenos y honestos burgueses apegados a la ley y al orden, pero se les hará la boca agua con los cotilleos y revelaciones sobre varias formas de desorden. Partiremos del principio de que no serán lo que se dice grandes lectores, es más, la mayoría de ellos no tendrá un libro en casa, aunque cuando sea necesario hablaremos de una gran novela que está vendiendo millones de ejemplares en todo el mundo. Nuestro lector no lee libros pero le gusta pensar que hay grandes artistas extravagantes y multimillonarios; tampoco verá jamás de cerca a la diva de piernas largas pero, aun así, querrá saberlo todo de sus amores secretos. Bien, dejemos que los demás se presenten. Solos. Empecemos por la única mujer, la señorita (o señora)…

—Maia Fresia. Célibe, o soltera, o *single*, como prefiera. Veintiocho años, casi licenciada en Filosofía y Letras, tuve que dejarlo por motivos familiares. He estado colaborando cinco años en una revista del corazón; tenía que ir al mundillo del espectáculo a husmear quienes mantenían bonitas y afectuosas amistades, y organizar un seguimiento de los fotógrafos. La mayoría de las veces debía convencer a una cantante, o a una actriz, de que se inventara una afectuosa amistad con alguien, y concertarles una cita con los *paparazzi*, me refiero a un paseo cogidos de la mano, o incluso un beso furtivo. Al principio me gustaba, pero ahora estoy cansada de contar embustes.

—¿Y por qué ha aceptado unirse a nuestra aventura, monada?

—Pienso que un periódico hablará de cosas más serias, y tendré la ocasión de darme a conocer con investigaciones en las que no haya afectuosas amistades de por medio. Soy curiosa y creo que soy un buen sabueso.

Era grácil y hablaba con cauto brío.

—Excelente. ¿Usted?

—Romano Braggadocio...

—Un nombre raro, ¿de dónde sale?

—Verá, esa es una de las cruces de mi vida. Parece ser que en inglés tiene un significado inconveniente, pero afortunadamente en las demás lenguas no. Mi abuelo era un expósito y, como usted sabrá, en esos casos el apellido se lo inventaba un funcionario del ayuntamiento. Si era un sádico podía ponerte incluso Cunnilongo, en el caso de mi abuelo el empleado era un sádico solo a medias y tenía cierta cultura... Por lo que a mí respecta, estoy especializado en revelaciones sensacionalistas, y trabajaba precisamente para una revista de nuestro editor, *Cronaca 70*. Pero nunca me han contratado, me pagaban por colaboración.

Por lo que respectaba a los otros cuatro, Cambria se había pasado las noches en las salas de espera de urgencias o de comisarías para dar con la noticia fresca, un arresto, una muerte por accidente rocambolesco en la autopista, y no había hecho carrera; Lucidi inspiraba desconfianza a simple vista y había colaborado en publicaciones que nadie había oído mencionar jamás; Palatino venía de una larga carrera en semanarios de pasatiempos y crucigramas; Costanza había trabajado como corrector en algunos periódicos pero ahora los periódicos tenían ya demasiadas páginas, nadie podía releérselo todo antes de imprimir, y también los grandes diarios escribían Simone de Beauvoire o Beaudelaire, o Rooswelt, y la figura del corrector estaba volviéndose tan obsoleta como la imprenta de Gutenberg. Ninguno de estos seis compañeros de viaje procedía de experiencias exaltantes. Un puente de San Luis Rey. Cómo había conseguido dar con ellos Simei, lo ignoro.

Acabadas las presentaciones, Simei trazó a grandes líneas las características del periódico.

—Así pues, haremos un diario. ¿Por qué *Domani*? Porque los periódicos tradicionales contaban, y desgraciadamente lo siguen haciendo, las noticias de la tarde antes, y por eso se llaman *Corriere della Sera*, *Evening Standard* o *Le Soir*. Ahora nos enteramos de las noticias del día con el telediario de la cena, lo que significa que los periódicos nos cuentan lo que ya sabemos, y por eso venden cada vez menos. En *Domani*, estas noticias que ya están rancias habrá que resumirlas y recordarlas, pero bastará con una columnita, que se lee en pocos minutos.

—Y entonces, ¿de qué tiene que hablar el periódico? —preguntó Cambria.

—A estas alturas, el destino de un diario es parecerse a un semanario. Hablaremos de lo que podría suceder mañana, con tribunas de reflexión, reportajes de investigación, avances inesperados… Les pondré un ejemplo. A las cuatro estalla una bomba, y al día siguiente ya lo saben todos. Pues bien, nosotros desde las cuatro hasta las doce, antes de que se pongan en marcha las rotativas, deberemos dar con alguien que diga algo inédito sobre los probables responsables, cosas que la policía todavía no sabe, y delinear un escenario de lo que sucederá en las semanas siguientes a causa de ese atentado...

—Pero para poner en marcha investigaciones de ese tipo en ocho horas —dijo Braggadocio— se necesita una redacción por lo menos diez veces mayor que la nuestra y un sinfín de contactos, informadores y qué sé yo...

—Exacto, y, cuando el periódico se haga de verdad, así deberá ser. Pero ahora, durante un año, tenemos que demostrar tan solo que se puede hacer. Y se puede porque un número cero puede tener la fecha que se quiera y puede ser perfectamente un ejemplo de cómo habría sido el periódico hace meses, por ejemplo, cuando pusieron la bomba. En ese caso nosotros sabemos ya qué pasó después, pero hablaremos como si el lector todavía no lo supiera. Por lo tanto, nuestras indiscreciones adquirirán un sabor inédito, sorprendente, osaría decir oracular. Es decir, a nuestro financiador habremos de decirle: así habría sido *Domani* si hubiera salido ayer. ¿Entendido? Y, si quisiéramos, aunque nadie hubiera arrojado la bomba en ningún momento, podríamos hacer un número *como si*.

—O arrojar la bomba si nos conviene —se mofó Braggadocio.

—No diga sandeces —lo reprendió Simei. Luego, como pensándolo mejor—: Y si de veras quisiera hacerlo, no venga a contármelo a mí.

Acabada la reunión, Braggadocio y yo bajamos juntos.

—¿No nos conocíamos ya? —preguntó. Me parecía que no, él dijo pse, con un aire ligeramente receloso, e inmediatamente me tuteó. En la redacción, Simei acababa de instaurar el usted, y yo suelo mantener las distancias, como para dejar bien claro que nunca hemos compartido cama, pero evidentemente Braggadocio estaba subrayando que éramos colegas. Yo no quería parecer uno que se da aires solo porque Simei me había presentado como un jefe de redacción o algo parecido. Por otra parte, el personaje despertaba mi curiosidad y no tenía nada mejor que hacer.

Tomándome del codo, me dijo que fuéramos a beber algo a un sitio que conocía. Sonreía con sus labios carnosos y sus ojos un poco bovinos, de una forma que me pareció repugnante. Calvo como Von Stroheim, con la nuca que caía a plomo sobre el cuello, pero con la cara de Telly Savalas, el teniente Kojak. Vaya, siempre la cita.

—Está bastante buena la tal Maia, ¿verdad?

Me apuraba confesar que la había mirado solo de reojo; ya he dicho que me mantengo alejado de las mujeres. Braggadocio me zarandeó el brazo.

—No te hagas el caballero, Colonna. Te he visto, la mirabas sin que se te notara. Para mí que es de las que se enrollan. La verdad es que se enrollan todas, con tal de que las sepas tratar como ellas quieren. Un poco demasiado delgada para mi gusto, es más, no tiene tetas, pero en fin, podría pasar.

Habíamos llegado a la via Torino y a la altura de una iglesia me hizo girar a la derecha para tomar una callecita que formaba un recodo, mal iluminada, alguna puerta cerrada desde quién sabe cuándo y ninguna tienda, como si hubiera sido abandonada desde hacía tiempo. Parecía como si flotara un olor a rancio, pero debía de ser solo sinestesia, por lo de las paredes desconchadas y recubiertas de grafitis desteñidos. En lo alto había una tubería de la que salía humo, y no se entendía de dónde procedía porque las ventanas de arriba estaban cerradas como si allí no viviera ya nadie. Quizá era un tubo que venía de una casa que daba al otro lado, y a nadie le preocupaba llenar de humo una calle abandonada.

—Es la via Bagnera, la calle más estrecha de Milán, aunque no es como la rue du Chat-qui-Pêche de París, por la que apenas pueden pasar dos personas a la vez. Se llama via Bagnera, pero antes se llamaba stretta Bagnera, y antes aún Stretta Bagnaria, porque había unos baños públicos de la época romana.

En ese momento asomaba por la esquina una mujer empujando una sillita.

—Inconsciente o mal informada —comentó Braggadocio—. Si yo fuera una mujer, no pasaría por aquí, sobre todo de noche. Te podrían dar un navajazo como si nada. Sería una pena, porque la tía está bastante maciza, la típica mamá dispuesta a que se la tire el fontanero, date la vuelta, mira cómo mueve el culo. Aquí se han cometido delitos de sangre. Detrás de estas puertas atrancadas todavía debe de haber sótanos abandonados, y quizá pasadizos secretos. En el siglo diecinueve, un tal Antonio Boggia, un tío sin arte ni parte, atrajo a uno de estos sótanos a un contable, con la excusa de que quería que le revisara unas cuentas, y le asestó un hachazo. La víctima consigue salvarse, arrestan al tal Boggia, lo declaran loco y lo encierran en un manicomio durante dos años. En cuanto sale, vuelve a dar caza a personas ingenuas y con posibles, las atrae a su sótano, les roba, las mata y las entierra ahí mismo. Un *serial killer*, como se diría hoy en día, pero un asesino en serie imprudente porque deja huellas de sus vínculos comerciales con las víctimas y al final lo arrestan; la policía excava en el sótano, encuentra cinco o seis cadáveres y a Boggia lo ahorcan en la zona de la Porta Ludovica. Su cabeza fue entregada al gabinete anatómico del Hospital Mayor: eran los tiempos de Lombroso, y se buscaban en los cráneos y en las facciones los signos de la delincuencia hereditaria. Parece ser que luego enterraron esa cabeza en el Musocco, pero quién sabe, esos restos eran material apetitoso para ocultistas y endemoniados de todas las calañas... Todavía hoy flota el recuerdo de Boggia, aquí, como si estuviéramos en el Londres de Jack el Destripador; no quisiera pasar de noche y aun así me atrae. Vuelvo a menudo, algunas veces concierto aquí ciertas citas.

Una vez salidos de la via Bagnera, nos encontramos en la piazza Mentana y Braggadocio me hizo tomar la via Morigi, bastante oscura también ella, pero con algunas tiendecitas, y portales buenos. Llegamos a un ensanche con una amplia área de aparcamiento rodeada de ruinas.

—Mira —me dijo Braggadocio—, las de la izquierda son aún ruinas romanas, casi nadie se acuerda de que Milán fue también capital del imperio. Por lo cual no se tocan, aunque a nadie le importen un carajo. En cambio, las de detrás del aparcamiento son casas reventadas por los bombardeos de la última guerra.

Las casas reventadas no tenían la vetusta tranquilidad de las ruinas antiguas, reconciliadas ya con la muerte, sino que escudriñaban siniestras desde sus vacíos sin sosiego, como si padecieran de lupus.

—No sé bien por qué nadie ha intentado edificar en esta zona —decía Braggadocio—, tal vez esté protegida; a lo mejor los propietarios se sacan más con el aparcamiento que construyendo casas de alquiler. Pero ¿por qué dejar los restos de los bombardeos? A mí este descampado me da más miedo que la via Bagnera, pero me gusta porque me dice cómo era Milán después de la guerra; en esta ciudad han quedado pocos sitios que recuerden cómo era la ciudad hace casi cincuenta años. Y es el Milán que intento reencontrar, el Milán en el que viví de niño y de adolescente. La guerra acabó cuando tenía nueve años; de vez en cuando de noche todavía me parece oír el ruido de las bombas. Pero no han quedado solo las ruinas: mira la embocadura de la via Morigi, esa torre es del siglo diecisiete, y no pudieron con ella ni los bombardeos. Y debajo, venga vamos, todavía resiste desde principios de este siglo esa taberna, la taberna Moriggi, no me preguntes por qué la taberna tiene una *g* más que la calle, debe de ser que el ayuntamiento se equivocó al poner las placas, la taberna es más antigua y tiene que tener razón ella.

Entramos en un local con las paredes rojas, el techo cuarteado del que colgaba una vieja lámpara de hierro forjado, una cabeza de ciervo en el mostrador, centenares de botellas de vino polvorientas a lo largo de las paredes, mesas de madera (era antes de cenar, me dijo Braggadocio, y todavía estaban sin mantel, después pondrían los de cuadritos rojos, y para comer había que consultar aquella pizarrita escrita a mano, como en los *bistrots* franceses). En las mesas había estudiantes, algún personaje de la antigua bohemia, con el pelo largo, pero no de progre del 68, sino de poeta, de los que antaño llevaban sombreros de ala ancha y corbatas a lo Lavallière, y además unos viejos un poco achispados, que no se sabía muy bien si estaban allí desde principios de siglo o si los nuevos propietarios los alquilaban como comparsas. Picoteamos quesos de una tabla, embutidos, tocino de Colonnata, y bebimos merlot, realmente bueno.

—Está bien, ¿verdad? —decía Braggadocio—. Parece como si estuviéramos fuera del tiempo.

—¿Y por qué te atrae este Milán que ya no debería existir?

—Te lo he dicho, quiero ver lo que ya casi no recuerdo, el Milán de mi abuelo y de mi padre.

Se puso a beber, los ojos se le volvieron brillantes, y secó con una servilleta de papel un rodal de vino que se había formado sobre la mesa de madera vieja.

—Tengo una oscura historia de familia. Mi abuelo era un jerarca del infausto régimen, como suele decirse. Y el 25 de abril un partisano lo reconoció mientras intentaba ahuecar el ala, no lejos de aquí, en la via Cappuccio; lo capturaron y fusilaron, ahí mismo, en la esquina. Mi padre lo supo con retraso porque, fiel a las ideas de mi abuelo, en el cuarenta y tres se enroló en la Decima MAS, lo capturaron en Salò y lo mandaron un año al campo de concentración de Coltano. Salió por los pelos, no encontraron verdaderos cargos contra él, y además ya en 1946 Togliatti concedió la amnistía generalizada: contradicciones de la historia, los fascistas rehabilitados por los comunistas, pero quizá, Togliatti tenía razón, había que volver a la normalidad a toda costa. Claro que la normalidad era que mi padre, con su pasado, y la sombra de su padre, no encontrara trabajo, y que lo mantuviera mi madre, que era costurera. Poco a poco se fue dejando, bebía, y yo recuerdo solo su cara llena de venitas rojas y los ojos acuosos, mientras me contaba sus obsesiones. No intentaba justi-

41

ficar el fascismo (ya no tenía ideales), pero decía que los antifascistas habían contado muchas historias horribles para condenar el fascismo. No creía en los seis millones de judíos gaseados en los campos. Vamos a ver, no era de esos que aún hoy afirman que el Holocausto no existió, pero no se fiaba del relato que construyeron los liberadores. Testimonios exagerados todos ellos, me decía, he leído que según algunos supervivientes, en el centro de un campo había montañas de ropa de los asesinados que tenían más de cien metros de altura. ¿Cien metros? ¿Te das cuenta, me decía, de que una pila de cien metros con forma de pirámide tiene que tener una base más ancha que el área de todo el campo de concentración?

—Él no tenía en cuenta que quienes han asistido a algo tremendo, cuando luego lo evocan, usan hipérboles. Tú asistes a un accidente en la autopista y cuentas que los cadáveres yacían en un lago de sangre, pero no pretendes hacer creer que fuera algo tan grande como el lago de Como; sencillamente quieres dar la idea de que había mucha sangre. Ponte en el pellejo de uno que recuerda una de las experiencias más trágicas de su vida...

—No lo niego, pero mi padre me acostumbró a no creerme las noticias a pies juntillas. Los periódicos mienten, los historiadores mienten, la televisión hoy miente. ¿No viste en los telediarios de hace un año, con la guerra del Golfo, al cormorán cubierto de alquitrán que agonizaba en el golfo Pérsico? Luego se comprobó que en aquella estación del año era imposible que hubiera cormoranes en el golfo, y esas imágenes se remontaban a ocho años atrás, a los tiempos de la guerra entre Irán e Irak. O si no, como dijeron otros, sacaron unos cormoranes del zoo y los embadurnaron con petróleo. Y lo mismo debieron de hacer con los crímenes fascistas. Y que conste que no es que yo siga apegado a las ideas de mi padre o de mi abuelo, ni tampoco que quiera hacer como si no hubieran exterminado a los judíos. Por otra parte, algunos de mis mejores amigos son judíos, figúrate tú. Pero es que ya no me fío de nada. ¿De verdad fueron a la Luna los americanos? No es imposible que hayan construido todo en un estudio; si te fijas, las sombras de los astronautas después del alunizaje no son creíbles. ¿Y la guerra del Golfo?, ¿ocurrió de verdad o nos hicieron ver solo imágenes de viejos recopilatorios? Vivimos en la mentira y, si sabes que te mienten, debes vivir instalado en la sospecha. Yo sospecho, sospecho siempre. Lo único verdadero de lo que puedo dar testimonio es de este Milán de hace tantas décadas. Los bombardeos existieron de verdad, y entre otras cosas, las bombas las lanzaban los ingleses, o los americanos.

—¿Y al final tu padre?

—Murió alcoholizado cuando yo tenía trece años. Para liberarme de aquellos recuerdos, ya mayor, intenté abrazar el bando opuesto. En el 68 tenía más de treinta años pero me dejé crecer el pelo, llevaba parka y jersey; y me uní a una comuna de maoístas. Más tarde descubrí que Mao había matado a más gente que Stalin y Hitler juntos, y no, no solo eso, sino que era posible que los filochinos hubieran sido infiltrados por provocadores de los servicios secretos. Y me dediqué solo a ser el periodista que va a la caza de conspiraciones. Así evité quedarme pillado con los terroristas rojos (y tenía amistades peligrosas). Había perdido todas las certezas, salvo la seguridad de que siempre hay alguien a nuestras espaldas que nos está engañando.

—¿Y ahora?

—Y ahora, si este periódico se pone en marcha, quizá haya encontrado un sitio donde se tomarán en serio algunos descubrimientos míos… Estoy hincándole el diente a una historia que… Más allá del periódico podría salir incluso un libro. Y entonces… Pero bueno, *glissons*, te lo volveré a comentar cuando haya reunido todos los datos… Lo malo es que debería darme prisa, necesito dinero. Las cuatro perras que nos da Simei son una ayuda pero no bastan.

—¿Para vivir?

—No, para comprarme un coche; es obvio que me lo voy a comprar a plazos, pero los plazos tendré que pagarlos. Y además, debería conseguirlo lo antes posible, me hace falta para mi investigación.

—Perdona, dices que quieres ganar dinero con tu investigación para comprarte el coche, pero necesitas el coche para hacer tu investigación.

—Para reconstruir muchos asuntos debería desplazarme, visitar lugares, quizá interrogar a gente. Sin coche y con la obligación de ir a la redacción cada día, tendré que reconstruirlo todo de memoria, trabajar solo de cabeza. Y si ese fuera el único problema…

—¿Y cuál es el verdadero problema?

—Pues mira, no es que yo sea un indeciso, pero para entender qué hacer hay que combinar todos los datos. Un dato, por sí solo, no dice nada; todos juntos te hacen comprender lo que no se apreciaba a primera vista. Hay que desentrañar lo que intentan esconderte.

—¿Hablas de tu investigación?

—No, hablo de la elección del coche…

Dibujaba en la mesa con un dedo mojado en el vino, parecía que estaba enlazando una serie de puntos para que emergiera una figura, como en los semanarios de pasatiempos.

—Un coche debe ser rápido, y con cierta clase, no busco un utilitario, y además, para mí, o tracción delantera o nada. Estaba pensando en un Lancia Thema turbo de dieciséis válvulas, es uno de los más caros, casi sesenta millones de liras. Podría incluso decantarme por él: doscientos treinta y cinco por hora y aceleración de siete coma dos. Es casi el máximo.

—Es caro.

—No es eso, es que hay que ir a descubrir el dato que te ocultan. Cuando en los anuncios de coches no mienten, callan. Tienes que ir a escarbar en las fichas técnicas, en las revistas especializadas, y entonces descubres que de ancho mide ciento ochenta centímetros.

—¿No está bien?

—Tampoco tú te fijas, en los anuncios ponen siempre la longitud, que desde luego es importante para aparcar, o por el prestigio, pero es raro que te indiquen el ancho, que es fundamental si tienes un garaje pequeño, o una plaza, aún más estrecha, por no hablar de cuando das vueltas como un loco para buscar un hueco donde aparcar. El ancho es fundamental. Hay que orientarse por debajo de los ciento setenta centímetros.

—Los habrá, me imagino.

—Claro, pero en un coche de ciento setenta centímetros estás apretujado, si vas con alguien a tu lado no tienes bastante sitio para el codo derecho. Y además tampoco tienes el confort de los coches más anchos, que tienen muchos mandos a disposición de la mano derecha, cerca del cambio.

—¿Y entonces?

—Hay que fijarse en que el salpicadero sea bastante completo, y que haya mandos en el volante, para que no haga falta el trajín de la mano derecha. Por eso he dado con el Saab novecientos turbo, ciento sesenta y ocho centímetros, velocidad máxima doscientos treinta, y bajamos a los cincuenta millones.

—Es tu coche.

—Sí, lo malo es que en una esquinita pone que tiene una aceleración de ocho coma cincuenta, mientras que lo ideal es siete, por lo menos, como en el Rover doscientos veinte turbo, cuarenta millones, ancho ciento sesenta y ocho, velocidad límite doscientos treinta y cinco y aceleración de seis coma seis, un bólido.

—Pues entonces te tienes que decidir por ese…

—No, porque solo al final de la ficha te revelan que tiene ciento treinta y siete centímetros de altura. Demasiado baja para un individuo corpulento como yo, un coche casi de carreras para los pijos con ínfulas deportivas, mientras que el Lancia mide ciento cuarenta y tres de altura y el Saab ciento cuarenta y cuatro, y ahí sí que entra uno como un señor. Lo malo es que no basta, si eres un pijo no te pones a mirar los datos técnicos que son como las contraindicaciones en los prospectos de los medicamentos, escritos en letra pequeña, para que se te pase el dato de que, si te los tomas, te mueres al día siguiente. El Rover doscientos veinte pesa solo mil ciento ochenta y cinco kilos: es poco, si te empotras en un tráiler, te espachurras como un flan, por lo que hay que orientarse hacia coches más pesados, con refuerzos de acero, no digo el Volvo que es un tanque y demasiado lento, pero por lo menos el Rover ochocientos veinte TI, unos cincuenta millones, doscientos treinta por hora y mil cuatrocientos veinte kilos.

—Pero me imagino que lo habrás descartado porque… —comenté, paranoico total yo también.

—Porque tiene una aceleración de ocho coma dos: es una tortuga, no tiene *sprint*. Como el Mercedes C doscientos ochenta, que mide de ancho ciento setenta y dos, pero, aparte de que cuesta sesenta y siete millones, tiene una aceleración de ocho coma ocho. Y luego tiene un plazo de entrega de cinco meses. Que también es un dato que hay que tener en cuenta si calculas que para algunos de los coches que te he mencionado tardan dos meses en entregártelos y otros están disponibles enseguida. ¿Por qué están disponibles enseguida? Porque no los quiere nadie. Desconfía, desconfía. Por ejemplo, te entregan inmediatamente el Calibra turbo dieciséis válvulas, doscientos cuarenta y cinco kilómetros por hora, tracción integral, aceleración seis coma ocho, ciento sesenta y nueve de ancho, y poco más de cincuenta millones.

—Excelente, se diría.

—Ah, no, porque pesa solo mil ciento treinta y cinco kilos, demasiado ligero, y mide solo ciento treinta y dos de altura, el peor de todos, para clientes con posibles pero enanos. Y ojalá fueran estos los únicos problemas. No calculas el maletero. El más amplio es el del Thema dieciséis válvulas turbo, pero ya mide de ancho ciento setenta y cinco. Entre los estrechos me he mirado bien el Dedra dos punto cero LX, con maletero amplio, pero no solo tiene una aceleración de nueve coma cuatro, sino que pesa poco más de mil doscientos kilos y llega solo a doscientos diez por hora.

—¿Y entonces?

—Y entonces estoy en punto muerto. Ya tengo la cabeza

ocupada por mi investigación, y me despierto por las noches para comparar coches.

—¿Y te lo sabes todo de memoria?

—Me he hecho unas tablas, pero lo malo es que me las he aprendido todas, lo cual es insostenible. Empiezo a pensar que los coches han sido concebidos para que yo no los pueda comprar.

—¿No es exagerada esta sospecha?

—Las sospechas nunca son exageradas. Sospechar, sospechar, solo de este modo se encuentra la verdad. ¿No es esto lo que dice la ciencia que hay que hacer?

—Lo dice y lo hace.

—Mentiras, la ciencia también miente. Mira la historia de la fusión fría. Nos han mentido durante meses y luego se ha descubierto que era una trola.

—Pero lo han descubierto.

—¿Quién? El Pentágono, que a lo mejor quería tapar algo vergonzoso. Vete tú a saber si no tenían razón los de la fusión fría y han mentido los que han dicho que los otros mentían.

—Vale para el Pentágono y para la CIA, pero no me dirás que todas las revistas de coches dependen de los servicios secretos de la demoplutojudeocracia al acecho.

Intentaba devolverlo al sentido común.

—¿Ah, no? —me dijo con una sonrisa amarga—. También ellas están vinculadas a la gran industria americana, y a las siete hermanas del petróleo, que son las que asesinaron a Mattei, asunto que me paso por las pelotas, pero son los mismos que mandaron al paredón a mi abuelo financiando a los partisanos. ¿Ves como todo encaja?

A esas alturas los camareros estaban poniendo los manteles y nos daban a entender que se había acabado el rato para los que solo se tomaban dos copas.

—En otros tiempos, con dos copas podías quedarte hasta las dos de la madrugada —suspiró Braggadocio—, pero ahora, incluso aquí buscan al cliente con dinero. A lo mejor, un día, montan una discoteca con luces estroboscópicas. A ver, aquí todo sigue siendo verdadero, pero empieza a oler como si todo fuera falso. Piensa que los dueños de esta taberna milanesa ya hace tiempo que son toscanos, me han dicho. No tengo nada contra los toscanos, seguro que también son buena gente, pero recuerdo que de pequeño, cuando se hablaba de la hija de unos conocidos que había hecho un mal matrimonio, un primo nuestro lo explicaba con una sugerencia: si es que habría que construir un muro por debajo de Florencia. Y mi madre comentaba: ¿por debajo de Florencia? ¡Por debajo de Bolonia!

Mientras esperábamos la cuenta, Braggadocio me dijo, casi en un murmullo:

—¿No podrías hacerme un préstamo? Te lo devolvería en dos meses.

—¿Yo? Estoy sin blanca como tú.

—Ya. No sé cuánto te da Simei y no tengo derecho a saberlo. Decía por decir. De todas formas, la cuenta la pagas tú, ¿no?

Así conocí a Braggadocio.

IV

Miércoles, 8 de abril

Al día siguiente se celebró la primera reunión de redacción verdadera.

—Hagamos el periódico —dijo Simei—, el periódico del 18 de febrero de este año.

—¿Por qué el 18 de febrero? —preguntó Cambria, que luego se distinguiría como el que hacía siempre las preguntas más tontas.

—Porque este invierno, el 17 de febrero, los carabineros entraron en el despacho de Mario Chiesa, presidente del Pio Albergo Trivulzio y personaje de relieve del Partido Socialista milanés. Ya lo sabéis todos: Chiesa le pidió a una empresa de limpieza de Monza la correspondiente mordida para adjudicarle una contrata, y tenía que ser un negocio de ciento cuarenta millones, de los que pretendía el diez por ciento. Como ven también un asilo de ancianitos es una buena vaca a la hora de ordeñarlo. No debía de ser la primera vez que Chiesa lo ordeñaba, porque el de la limpieza estaba cansado de pagar y lo denunció. Cuando fue a su despacho a entregarle el primer vencimiento de los catorce millones que habían pactado, llevaba un micrófono y una cámara de vídeo escondidos. En cuanto Chiesa aceptó el sobre, entraron en su despacho los carabineros. Chiesa, aterrado, sacó del cajón un sobre aún más gordo que había recibido de alguien más y se abalanzó al baño para tirar los billetes por la taza, pero no hubo nada que hacer: antes de destruir todo ese dinero, ya se lo llevaban esposado. Esta es la historia, la recordarán, y ahora, usted, Cambria, ya sabe lo que tendremos que contar en el periódico del día después. Vaya al archivo, reléase bien todas las noticias de aquel día y háganos una columnita de apertura, o mejor, una buena crónica, y que sea prolija, porque, si no recuerdo mal, aquella noche, los telediarios no hablaron del episodio.

—OK, jefe. Ahora voy.

—Espere, espere, porque aquí entra en escena la misión de *Domani*. Recordarán que los días siguientes se intentó restarle importancia al hecho, Craxi diría que Chiesa era solo un mangante y luego le daría la espalda; ahora bien, lo que el lector del 18 de febrero no podía saber es que los jueces seguirían investigando, y emergería un auténtico sabueso, este juez Di Pietro que ahora todos saben quién es, pero hace dos meses nadie lo había oído mencionar nunca jamás. Di Pietro le apretó las tuercas a Chiesa, le descubrió cuentas en Suiza, le hizo confesar que no era un caso aislado. Poco a poco está sacando a la luz una red de corrupción política que interesa a todos los partidos, y las primeras consecuencias las hemos notado los días pasados; habrán visto que en las elecciones la Democracia Cristiana y el Partido Socialista han perdido un montón de votos, y se ha reforzado la Liga Norte, que está cabalgando el escándalo con su campaña contra los gobiernos romanos. Llueven arrestos a raudales, los partidos se están desmoronando poco a poco y hay quien dice que, caído el muro de Berlín y disuelta la Unión Soviética, los americanos ya no necesitan esos partidos que podían manipular y los han dejado en manos de los jueces; o quizá, podríamos aventurar, los jueces están representando un guión escrito por los servicios secretos americanos, pero por ahora no exageremos. Esta es la situación hoy, pero el 18 de febrero nadie podía imaginar lo que sucedería. Quien lo imaginará será *Domani*, que hará una serie de previsiones. Y este artículo de hipótesis e insinuaciones se lo encomiendo a usted, Lucidi, que tendrá que ser muy hábil para decir *acaso* y *quizá* y contar lo que de hecho aconteció después. Con algún nombre de político, distribúyalos bien entre los distintos partidos, meta por en medio también a la izquierda, deje entender que el periódico está recopilando otros documentos, y dígalo de manera tal que se mueran de miedo incluso los que lean nuestro número cero/uno, aunque sepan perfectamente lo que sucedió en los dos meses posteriores a febrero, porque se preguntarán cómo podría ser un número cero con la fecha de hoy… ¿Entendido? Al trabajo.

—¿Por qué me lo encarga a mí? —preguntó Lucidi.

Simei lo miró de forma extraña, como si él hubiera de entender lo que no entendíamos nosotros.

—Porque me parece que usted es especialmente bueno en recoger rumores y referírselos a quien corresponda.

Más tarde, a solas, le pregunté a Simei qué quería decir.

—No vaya con el chisme a los demás —me dijo—, pero es que yo creo que Lucidi está conchabado con los servicios, y el periodismo para él es una tapadera.

—Está diciendo que es un soplón. ¿Y por qué ha querido a un espía en la redacción?

—Porque no es importante que nos espíe a nosotros, ¿qué puede contar, aparte de cosas que los servicios entenderían perfectamente leyendo uno cualquiera de nuestros números cero? Pero nos puede traer noticias que él ha sabido espiando a los demás.

Simei no será un gran periodista, pensé, pero en su género es un genio. Y me acordé del comentario que se le atribuye a aquel director de orquesta, una gran lengua viperina, sobre un músico: «En su género es un Dios; es su género el que es una mierda».

V

Viernes, 10 de abril

Mientras seguíamos pensando qué poner en el número cero/uno, Simei abría amplios paréntesis sobre algunos principios esenciales para el trabajo de todos.

—Colonna, ilustre un poco a nuestros amigos sobre cómo se puede observar, o demostrar que se observa, un principio fundamental del periodismo democrático: los hechos separados de las opiniones. Opiniones en *Domani* habrá muchísimas, y se las señalará como tales, ahora bien, ¿cómo se demuestra que en otras noticias se citan solo hechos?

—Sencillísimo —dije—. Fíjense en los grandes periódicos anglosajones. Si hablan, qué sé yo, de un incendio o de un accidente de coche no pueden decir, evidentemente, qué piensan ellos. Y entonces introducen en la noticia, entre comillas, las declaraciones de un testigo, un hombre de la calle, un representante de la opinión pública. Una vez colocadas las comillas, esas afirmaciones se convierten en hechos, es decir, es un hecho que fulano ha expresado esa opinión. Con todo, se podría suponer que el periodista ha dado voz solo a quien piensa como él. Por lo tanto, las declaraciones serán dos, en contraste entre ellas, para demostrar que está claro que existen opiniones distintas sobre un mismo tema: el periódico da cuenta de este hecho incontestable. La astucia está en entrecomillar primero una opinión trivial, luego otra opinión, más razonada, que se parece mucho a la opinión del periodista. De este modo el lector tiene la impresión de que se le informa sobre dos hechos pero se ve inducido a aceptar una sola opinión como la más convincente. Pongamos un ejemplo: se derrumba un viaducto, un camión cae al vacío y el conductor muere. El texto, tras haber referido rigurosamente el hecho, dirá: hemos escuchado al señor Rossi, de cuarenta y dos años, que tiene un quiosco de periódicos en la esquina. «Qué quieren, fue una fatalidad —ha dicho—, lo siento por ese pobrecillo, pero cuando el destino se ceba en uno, se ceba.» Inmediatamente después un tal señor Bianchi, de treinta y cuatro años, albañil que trabajaba en una obra en las inmediaciones, dirá: «Es culpa del ayuntamiento; se sabía desde hacía tiempo que este viaducto tenía problemas.» ¿Con quién se identificará el lector? Pues con el que apunta a alguien o a algo, con el que indica responsabilidades. ¿Está claro? El problema es qué y cómo entrecomillar. Hagamos algún ejercicio. Empecemos por usted, Costanza. Ha estallado la bomba de la piazza Fontana.

Costanza se lo pensó un poquito, luego dijo:

—El señor Rossi, de cuarenta y un años, funcionario del ayuntamiento, que podría haber estado en el banco cuando estalló la bomba, nos ha dicho: «Estaba bastante cerca y he oído la explosión. Horrible. Detrás de esto hay alguien que quiere pescar en río revuelto, pero nunca sabremos quién». El señor Bianchi (barbero de cincuenta años) pasaba también él por los alrededores en el momento de la explosión, que recuerda ensordecedora y terrible, y ha comentado: El típico atentado de cuño anarquista, no caben dudas.

—Excelente. Señorita Fresia, llega la noticia de la muerte de Napoleón.

—Bueno, diría que el señor Blanche, no comentemos edad y profesión, nos dice que quizá fue injusto encerrar en aquella isla a un hombre acabado, pobrecillo, también él tenía familia. El señor Manzoni, o mejor dicho, Mansoní, nos dice: «Ha desaparecido un hombre que ha cambiado el mundo, del Manzanares al Rin, un gran hombre».

—Bueno lo del Manzanares —sonrió Simei—. Claro que hay otros medios para hacer pasar opiniones sesgadamente. Para saber qué poner en un periódico hay que fijar, como se dice en las demás redacciones, la agenda. Hay una infinidad de noticias que dar en este mundo, pero ¿por qué se debe decir que ha habido un accidente en Bérgamo e ignorar que ha habido otro en Messina? No son las noticias las que hacen el periódico sino el periódico el que hace las noticias. Y saber juntar cuatro noticias distintas significa proponerle al lector una quinta noticia. Aquí tenemos un diario de anteayer. En la misma página: Milán, arroja al hijo recién nacido al váter; Pescara, el hermano no tiene que ver con la muerte de Davide; Amalfi, acusa de fraude a la psicóloga que trataba a la hija anoréxica; Buscate, sale del reformatorio tras catorce años el joven que mató a un niño de ocho cuando tenía quince. Las cuatro noticias aparecen todas en la misma página, y el título de la página es «Sociedad Niños Violencia». Sin duda se habla de actos de violencia en los que está implicado un menor, pero se trata de fenómenos muy distintos. En un solo caso (el infanticidio) se trata de violencia de padres sobre hijos; el asunto de la psicóloga no me parece que concierna a los niños porque no se indica la edad de esa hija anoréxica; la historia del chico de Pescara prueba, si acaso, que no ha habido violencia y el chico murió accidentalmente; y, por último, el caso de Buscate, si lo leemos bien, concierne a un cachas de casi treinta años, y la noticia verdadera es la de hace catorce años. ¿Qué quería decirnos el periódico con esta página? Tal vez nada intencionado; un redactor perezoso se ha encontrado entre manos cuatro despachos de agencia y le ha resultado cómodo juntarlos, porque quedaba más resultón. Pero la verdad es que el periódico nos transmite una idea, una alarma, un aviso, qué sé yo... Y en cualquier caso, piensen en el lector; tomadas una por una, estas cuatro noticias lo dejarían indiferente, todas ellas juntas lo obligan a quedarse en esa página. ¿Lo ven? Ya sé que se ha pontificado mucho sobre el hecho de que los periódicos escriben siempre obrero del sur agrede a compañero de trabajo y jamás obrero del norte agrede a compañero de trabajo; vale, vale, se trata de racismo, pero imaginen ustedes una página en la que se dijera: obrero de Cuneo, etcétera, etcétera; jubilado de Venecia mata a la mujer; quiosquero de Bolonia se suicida; albañil genovés firma un cheque sin fondos; ¿qué puede importarle al lector dónde ha nacido toda esa gente? Mientras que si estamos hablando de un obrero calabrés, de un jubilado de Matera, de un quiosquero de Foggia y de un albañil palermitano, entonces se crea preocupación en torno a la criminalidad del sur y eso hace noticia… Estamos en un periódico que se publica en Milán, no en Catania, y debemos tener en cuenta la sensibilidad de un lector milanés. Fíjense que hacer noticia es una buena expresión, la noticia la hacemos nosotros, y hay que saber hacerla ver entre líneas. *Dottore* Colonna, en las horas libres póngase a hojear con nuestros redactores despachos de agencia, y construyan algunas páginas temáticas, ejercítense en hacer surgir la noticia allá donde no existía o donde no se acababa de ver, ánimo.

Otro argumento fue el del desmentido. Éramos todavía un periódico sin lectores y, por lo tanto, se diera la noticia que se diera, no habría nadie para desmentirla. Ahora bien, un periódico se mide también por la capacidad de hacer frente a los desmentidos, sobre todo si es un periódico que demuestra no tener miedo de meter las manos en la podredumbre. Además de prepararnos para cuando llegaran los desmentidos verdaderos, había que inventar algunas cartas de lectores a las que siguieran nuestros desmentidos. Para que nuestro financiador viera de qué pasta estábamos hechos.

—Lo estuve hablando ayer con el *dottore* Colonna. Colonna, ¿nos haría el favor de darnos, por decirlo de alguna manera, una buena clase sobre la técnica del desmentido?

—Bien —dije—, pongamos un ejemplo de escuela, no solo ficticio sino francamente exagerado. Es una parodia sobre los desmentidos que salió hace unos años en *L'Espresso*. En ella se suponía que el periódico había recibido una carta de un tal Preciso Desmentidillo, se la leo.

Ilustre director: con referencia al artículo «En los Idus yo no vi», aparecido en el último número de su periódico, firmado por Aleteo Verdad, me permito precisar lo que sigue. No es verdad que yo haya estado presente en el asesinato de Julio César. Como puede cortésmente deducir del certificado de nacimiento adjunto, yo nací en Molfetta el 15 de marzo de 1944 y, por lo tanto, muchos siglos después del infausto acontecimiento que, por otra parte, siempre he deplorado. El señor Verdad debe haber incurrido en un error cuando le dije que siempre celebro con algunos amigos el 15 de marzo del 44.

Es asimismo inexacto que yo le haya dicho posteriormente a un tal Bruto: «Nos volveremos a ver en Filipos». Puntualizo que jamás he tenido contactos con el señor Bruto, del cual, hasta ayer, ignoraba incluso el nombre. Durante nuestra breve entrevista telefónica, dije, efectivamente, al señor Verdad que pronto me veré con el concejal de tráfico Filipos, pero la frase fue pronunciada en el contexto de una conversación sobre la circulación automovilística. En ese contexto, nunca dije que estuviera estipulando un contrato con asesinos para la eliminación de ese traidor completamente ido de Julio César, sino que «estoy estimulando a un concejal para que se asesore sobre la eliminación del tráfico de la avenida Julio César».

Le da las gracias y le saluda atentamente, su Preciso Desmentidillo.

—¿Cómo se reacciona ante un desmentido tan preciso sin comprometer nuestra reputación? Aquí hay una buena respuesta.

Quiero remarcar que el señor Desmentidillo no desmiente, en absoluto, que Julio César fuera asesinado en los Idus de marzo del 44. Remarco asimismo el hecho comprobado de que el señor Desmentidillo celebra siempre con los amigos el 15 de marzo del 44. Era precisamente esta curiosa costumbre la que quería denunciar en mi artículo. El señor Desmentidillo tendrá, quizá, razones personales para celebrar con abundantes libaciones esa fecha, pero admitirá que la coincidencia es, cuando menos, curiosa. Recordará, además, que durante la larga y densa entrevista telefónica que me concedió, pronunció la frase: «Yo soy de la opinión de dar siempre al César lo que es del César»; una fuente muy cercana al señor Desmentidillo —y de cuya fiabilidad no tengo razones para dudar— me ha asegurado que lo que César ha recibido son veintitrés puñaladas.

Noto que, en toda su carta, el señor Desmentidillo evita decirnos quién, en definitiva, asestó aquellas puñaladas. En cuanto a la penosa rectificación sobre Filipos, tengo ante mis ojos mi cuaderno de notas donde está escrito, sin sombra de duda, que el señor Desmentidillo no dijo «me veré con Filipos» sino «nos veremos en Filipos».

Lo mismo puedo asegurar sobre la amenazadora expresión en relación con Julio César. Los apuntes de mi cuaderno, que tengo ante los ojos en este momento, dicen claramente: «Estoy est ... ulando con ... ases ... eliminación tr. ido Julio César». No será esgrimiendo argumentaciones capciosas y jugando con las palabras como se pueden evitar pesadas responsabilidades o intentar silenciar a la prensa.

—Sigue la firma de Aleteo Verdad. Entonces, ¿dónde reside la eficacia de este desmentido del desmentido? Uno, en la observación de que el periódico ha sabido lo que ha escrito de fuentes cercanas al señor Desmentidillo. Esto funciona siempre, no se dicen las fuentes, pero se sugiere que el periódico tiene fuentes reservadas, quizá más creíbles que las de

Desmentidillo. Luego se recurre al bloc de notas del periodista. Ese bloc no lo verá nadie, pero la idea de una transcripción directa infunde confianza en el periódico, hace pensar que hay documentos. Por último, se repiten insinuaciones que en sí no dicen nada, pero arrojan una sombra de sospecha sobre el tal Desmentidillo. Ahora, no digo que los desmentidos deban ser de este tipo, aquí estamos ante una parodia, pero recuerden bien los tres elementos fundamentales para el desmentido del desmentido: las declaraciones recogidas, los apuntes en el bloc de notas, y perplejidades varias sobre la credibilidad del desmentidor. ¿Me he explicado?

—Totalmente —contestaron todos a una voz. Y al día siguiente cada uno trajo ejemplos de desmentidos más creíbles, y de desmentidos del desmentido menos grotescos pero igual de eficaces. Mis seis alumnos habían entendido la lección.

—«Tomamos nota del desmentido —propuso Maia Fresia— pero precisamos que lo que hemos referido se desprende de las actas judiciales, es decir, de la notificación de apertura de sumario.» El lector no sabe que Desmentidillo ha quedado libre de cargos durante la instrucción. Ni tampoco sabe que esas actas deben ser reservadas y no está claro cómo han llegado a nuestras manos, ni hasta qué punto son auténticas. Yo he hecho la tarea, *dottore* Simei, pero si me permite, esta me parece, cómo diría yo, una faena.

—Monada —glosó Simei—, sería una faena aún peor admitir que el periódico no ha controlado sus fuentes. Pero estoy de acuerdo con que, en lugar de pregonar datos que alguien podría cotejar, siempre es mejor limitarse a insinuar. Insinuar no significa decir algo preciso, sirve solo para arrojar una sombra de sospecha sobre el desmentidor. Por ejemplo: «Publicamos con mucho gusto la puntualización, pero nos consta que don Preciso (usar siempre don, nunca excelencia o señor, don es el peor insulto, en nuestro país) ha enviado decenas de desmentidos a varios periódicos. Debe de ser una verdadera actividad compulsiva a tiempo completo». Entonces, si Desmentidillo manda otro desmentido, estamos autorizados a no publicarlo, o a referirlo comentando que don Preciso no deja de repetir lo mismo. De este modo el lector se convence de que es un paranoico. Ven ustedes la ventaja de la insinuación: diciendo que Desmentidillo ya ha escrito a otros periódicos decimos solamente la verdad, que no puede ser desmentida. La insinuación eficaz es la que refiere hechos que carecen de valor de por sí, y que no se pueden desmentir porque son verdaderos.

Atesoramos aquellos consejos y nos consagramos —como decía Simei— a un *brainstorming*. Palatino se acordó de que hasta entonces había trabajado en revistas de pasatiempos y propuso que el periódico, junto con los programas de televisión, el boletín del tiempo y los horóscopos, tuviera también media página de pasatiempos.

—¡Los horóscopos —lo interrumpió Simei—, por Dios,

menos mal que nos lo ha recordado, es lo primero que buscarán nuestros lectores! Hala, señorita Fresia, aquí tiene su primera tarea, póngase a leer periódicos y revistas que publican horóscopos, extraiga patrones recurrentes. Y limítese a los pronósticos optimistas, a la gente no le gusta que le digan que el mes que viene morirá de cáncer. Y construya previsiones que le vayan bien a todo el mundo, quiero decir que una lectora de sesenta años no se identificaría con la perspectiva de encontrar al joven de su vida; en cambio, el vaticinio, qué sé yo, de que a ese capricornio en los próximos meses le pasará algo que lo hará feliz, vale para todos: para el adolescente, si acaso llegara a leernos, para la madurita y para el contable que espera que le aumenten el sueldo. Bueno, pues ahora pensemos en los pasatiempos, querido Palatino, ¿qué opina?, ¿crucigramas, por ejemplo?

—Crucigramas —dijo Palatino—, pero, desgraciadamente, tenemos que hacer crucigramas de los que preguntan quién desembarcó en Marsala...

Pues ya sería un puntazo que el lector escribiera Garibaldi, se rió por lo bajo Simei.

—... En cambio, los crucigramas extranjeros tienen unas definiciones que en sí son otros juegos de palabras. En un periódico francés apareció una vez «el amigo de los simples» y la solución era «farmacéutico», porque los simples no son solo los simplones, sino también los principios activos de un fármaco.

—Ese material no es para nosotros —dijo Simei—, nuestro lector no solo no sabe qué son los simples sino que quizá ni tan siquiera sabe qué hace un farmacéutico, aparte de vender pastillas. Garibaldi, o el marido de Eva, o la madre del becerro, solo cosas de ese tipo.

Entonces habló Maia, con la cara iluminada por una sonrisa casi infantil, como si fuera a hacer una travesura. Dijo que los crucigramas iban bien, pero el lector debería esperar al número siguiente para saber si sus respuestas eran correctas y, al mismo tiempo, podíamos hacer como si en los números anteriores hubiéramos convocado una especie de concurso para publicar las respuestas más graciosas de los lectores. Por ejemplo, dijo, se podía imaginar que les hubiéramos pedido que dieran las respuestas más estúpidas a un «por qué» igual de estúpido.

—Una vez, en la universidad, nos divertimos imaginando preguntas y respuestas bastante delirantes. Tales como: ¿por qué los plátanos crecen en los árboles? Porque si crecieran en la tierra, se los comerían los cocodrilos en un santiamén. ¿Por qué los esquíes se deslizan sobre la nieve? Porque si se deslizaran sobre el caviar, los deportes invernales saldrían carísimos.

—¿Por qué César antes de morir tuvo tiempo de decir «Tu quoque Brute?» —se entusiasmó Palatino—. Porque quien le asestó la puñalada no fue Escipión el Africano. ¿Por qué nuestra escritura va de izquierda a derecha? Porque, si no, las frases empezarían con un punto. ¿Por qué las paralelas no llegan a encontrarse nunca? Porque si se encontraran, los que hacen ejercicios en ellas se romperían las piernas.

También los demás se animaron y entró en liza Braggadocio.

—¿Por qué los dedos son diez? Porque, si fueran seis, seis serían los mandamientos y entonces no estaría prohibido robar. ¿Por qué no canta la gallina? Porque tiene huevos.

—¿Por qué el whisky se inventó en Escocia? —Me uní al juego—. Porque si se hubiera inventado en Japón, sería sake y no se podría beber con soda. ¿Por qué el mar es tan grande? Porque hay demasiados peces y no tendría sentido ponerlos en el Gran San Bernardo. ¿Por qué Dios es el ser perfectísimo? Porque si fuera imperfectísimo, sería mi primo Gustavo.

—Esperen, esperen —dijo Palatino—, ¿por qué los vasos están abiertos arriba y cerrados abajo? Porque de lo contrario los bares quebrarían. ¿Por qué la madre es siempre la madre? Porque si de vez en cuando fuera el padre, los ginecólogos no sabrían dónde meterse. ¿Por qué las uñas crecen y los dientes no? Porque si no, los neuróticos se morderían los dientes. ¿Por qué el trasero está abajo y la cabeza arriba? Porque de lo contrario sería dificilísimo diseñar un cuarto de aseo. ¿Por qué las piernas se doblan hacia dentro y no hacia fuera? Porque en caso de aterrizaje forzoso de avión sería muy peligroso. ¿Por qué Cristóbal Colón navegó hacia poniente?

Porque si hubiera navegado hacia levante, habría descubierto Frosinone. ¿Por qué los dedos tienen uñas? Porque si tuvieran pupilas, serían ojos.

A esas alturas, el torneo no se podía detener y Fresia intervino otra vez:

—¿Por qué las aspirinas son diferentes de las iguanas? Porque imagínense qué sucedería si no lo fueran. ¿Por qué el perro muere en la tumba del amo? Porque en las tumbas no hay árboles donde hacer pis y al cabo de tres días le estalla la vejiga. ¿Por qué un ángulo recto mide noventa grados? Pregunta mal planteada: el ángulo no mide nada, son los demás los que lo miden.

—Basta —dijo Simei, que aun así no había sabido contener alguna sonrisa—. Déjense de cachondeos. Olvidan ustedes que nuestro lector no es un intelectual que haya leído a los surrealistas, que hacían, cómo se llaman, eso, cadáveres exquisitos. Se lo tomaría todo en serio y pensaría que estamos locos. Vamos, señores, aquí nos estamos divirtiendo, y no es el momento. Volvamos a propuestas serias.

Y de este modo la sección de los «por qué» quedó liquidada. Una pena, habría sido divertida. Ahora bien, aquella historia me indujo a mirar a Maia Fresia con atención. Si era tan graciosa debía de ser también guapa. Y a su manera lo era. ¿Por qué a su manera? A la manera no le había pillado el punto, pero había despertado mi curiosidad.

El caso es que Maia se sentía evidentemente frustrada e intentó sugerir algo que estuviera en su onda:

—Nos acercamos a la primera selección del premio Strega. ¿No deberíamos hablar de esos libros? —preguntó.

—Siempre con la cultura, ustedes los jóvenes, y menuda suerte que usted no haya acabado la carrera, si no, me propondría un ensayo crítico de cincuenta páginas...

—No acabé la carrera pero leo.

—No podemos ocuparnos demasiado de cultura, nuestros lectores no leen libros, como mucho, *La Gazzetta dello Sport*. Aun así, estoy de acuerdo, el periódico debe tener una página no digo ya cultural, sino digamos de cultura y espectáculo. Claro que los acontecimientos culturales sobresalientes hay que referirlos en forma de entrevista. La entrevista con un autor sosiega, porque ningún autor habla mal de su libro; de ese modo, nuestro lector no se ve expuesto a críticas feroces y amargadas, y demasiado sesudas. También depende de las preguntas; no hay que hablar demasiado del libro, sino hacer que salga a la luz el escritor o la escritora, incluso con sus tics y sus debilidades. Señorita Fresia, usted ha adquirido una buena experiencia con la creación de afectuosas amistades. Piense en una entrevista, obviamente imaginaria, con uno de los autores que están en concurso, si la historia es de amor, arránquele al autor o a la autora una evocación de su primer amor, y quizá alguna malignidad sobre los otros concursantes. Haga de ese maldito libro algo humano, que lo entienda incluso el ama de casa, que así luego no sentirá remordimientos si no llega a leerlo. Por otro lado, ¿quién se lee los libros que reseñan los periódicos? No suele hacerlo ni quien hace la reseña; y demos gracias a Dios si el autor se ha leído su libro porque, la verdad, ante ciertos libros se diría que no lo ha hecho.

—Oh, Dios mío —dijo Maia Fresia palideciendo—, jamás me libraré de la maldición de las afectuosas amistades...

—No pensará que la he llamado aquí para hacerle escribir artículos de economía o de política internacional.

—Lo suponía. Pero esperaba equivocarme.

—Vamos, vamos, no se mosquee, hilváneme dos cuartillas, todos confiamos mucho en usted.

VI

Miércoles, 15 de abril

Recuerdo el día que Cambria dijo:

—He oído en la radio que algunas investigaciones demuestran que la contaminación atmosférica está influyendo en el tamaño del pene de las jóvenes generaciones, y el problema, creo yo, no concierne solo a los hijos, sino también a sus padres, que hablan siempre con orgullo de las dimensiones de la pilila de sus hijos. Yo me acuerdo que, cuando nació el mío y me lo enseñaron en el cuarto de los recién nacidos en la clínica, dije pero qué par de cojones que tiene, y fui a contárselo a todos mis colegas.

—Todos los recién nacidos tienen unos testículos enormes —dijo Simei—, y todos los padres lo dicen. Y ya sabe usted que a menudo en las clínicas se equivocan con las etiquetas y quizá aquel no era su hijo, con el mayor respeto para su señora.

—Pero la noticia toca de cerca a los padres, porque se producirían efectos contraproducentes también en el aparato reproductor de los adultos —objetó Cambria—. Si se difundiera la idea de que, al contaminar el mundo, no solo se perjudica a las ballenas sino también (perdonen el tecnicismo) a la polla, creo que asistiríamos a repentinas conversiones al ecologismo.

—Interesante —comentó Simei—, pero ¿quién nos dice que el *Commendatore*, o por los menos sus referentes, están interesados en la reducción de la contaminación atmosférica?

—Pero sería una alarma, y sin vuelta de hoja —dijo Cambria.

—Quizá, pero nosotros no somos alarmistas —reaccionó Simei—, eso sería terrorismo. ¿Quiere poner en cuestión los gasoductos, el petróleo, nuestras industrias siderúrgicas? No somos el periódico de los Verdes. A nuestros lectores hay que tranquilizarlos, no alarmarlos. —Luego, tras algunos segundos de reflexión, añadió—: A menos que eso que perjudica al pene no lo produzca una empresa farmacéutica que al *Commendatore* no le disgustaría alarmar. Pero eso habrá que verlo caso por caso. De todos modos, si tienen una idea, expónganla, luego decidiré yo si debemos desarrollarla o no.

Al día siguiente, Lucidi entró en la redacción con un texto prácticamente ya escrito. La historia era la siguiente. Un conocido suyo había recibido una carta de la Soberana Orden Militar de San Juan en Jerusalén, Caballeros de Malta, Prieuré Oecuménique de la Sainte-Trinité-de-Villedieu, Quartier Général de la Vallette, Prieuré de Québec, en la que se le ofrecía convertirse en caballero de Malta, previo desembolso más que generoso por diploma enmarcado, medalla, distintivo y otros adminículos. A Lucidi le entraron ganas de controlar el tema de las órdenes de caballerías e hizo unos descubrimientos extraordinarios.

—Oigan, por ahí hay un informe de los carabineros, no me pregunten cómo lo he obtenido, en el que se denuncian algunas pseudoórdenes de Malta. Hay dieciséis, que no deben confundirse con la auténtica Soberana Orden Militar y Hospitalaria de San Juan de Jerusalén, de Rodas y de Malta, que tiene sede en Roma. Todas tienen casi el mismo nombre con variaciones mínimas, todas se reconocen y desconocen mutuamente. En 1908 unos rusos fundaron una orden en Estados Unidos, que en años más recientes fue dirigida por Su Alteza Real el príncipe Roberto Paternò Ayerbe Aragón, duque de Perpiñán, jefe de la Casa Real de Aragón, pretendiente al trono de Aragón y Baleares, gran maestre de las órdenes del Collar de Santa Ágata de los Paternò y de la Corona Real de las Baleares. Pero de este tronco se separa en 1934 un danés, que funda otra orden y encomienda su cancillería al príncipe Pedro de Grecia y Dinamarca. En los años sesenta un tránsfuga del tronco ruso, Paul de Granier de Cassagnac, funda una orden en Francia y elige como protector al ex rey Pedro II de Yugoslavia. En 1965 el ex rey Pedro II de Yugoslavia se pelea con Cassagnac y funda en Nueva York otra orden de la cual resulta gran prior el príncipe Pedro de Grecia y Dinamarca. En 1966 aparece como canciller de la orden un tal Robert Bassaraba von Brancovan Khimchiachvili que, sin embargo, es exonerado y va a fundar la orden de los Caballeros Ecuménicos de Malta, de la cual será, más tarde, protector imperial y real el príncipe Enrique III Constantino de Vigo Lascaris Aleramo Paleólogo del Monferrato, heredero del trono de Bizancio, príncipe de Tesalia, que fundará luego otra orden de Malta. Encuentro después un protectorado bizantino; una orden creada por el príncipe Carol de Rumanía, al haberse separado de los Cassagnac; un gran priorato del cual un tal Tonna-Barthet es gran bailío, y el príncipe Andrés de Yugoslavia —ya gran maestre de la orden fundada por Pedro II— es gran maestre del Priorato de Rusia (que luego se convertirá en el Gran Priorato Real de Malta y de Europa). Hay también una orden creada en los años setenta por un barón de Choibert y por Vittorio Busa, o sea, Viktor Timur II, arzobispo ortodoxo metropolitano de Bialystok, patriarca de la diáspora occidental y oriental, presidente de la República de Danzig, presidente de la República Democrática de Bielorrusia y gran khan de Tartaria y Mongolia. Y luego tenemos un Gran Priorato Internacional creado en 1971 por la ya citada Su Alteza Real Roberto Paternò, con el barón marqués de Alaro, del cual se convierte en gran protector, en 1982, otro Paternò, jefe de la Casa Imperial Leopardi Tomassini Paternò de Constantinopla, heredero del Imperio Romano de Oriente, consagrado sucesor legítimo de la Iglesia Católica Apostólica Ortodoxa de Rito Bizantino, marqués de Monteaperto, conde palatino del trono de Polonia. En 1971 aparece en Malta la Ordre Souverain Militaire de Saint-Jean de Jérusalem (que es la orden por la que he empezado), de una escisión de la de Bassaraba, bajo la alta protección de Alejandro Licastro Grimaldi Lascaris Comneno Ventimiglia, duque de La Chastre, príncipe soberano y marqués de Déols, y cuyo gran maestre es ahora el marqués Carlo Stivala de Flavigny, el cual, a la muerte de Licastro, se asocia a Pierre Pasleau, que se arroga los títulos de Licastro, además de los de Su Grandeza el arzobispo patriarca de la Iglesia Católica Ortodoxa Belga, gran maestre de la Soberana Orden Militar del Templo de Jerusalén y gran maestre y hierofante de la Orden Masónica Universal de Rito Oriental Antiguo y Primitivo de Memfis y Misraim Reunidos. Se me olvidaba que para estar *à la page*, uno podría ser miembro del Priorato de Sión, como descendiente de Jesucristo, que se casa con María Magdalena y se convierte en fundador de la estirpe de los Merovingios.

—Ya solo los nombres de estos personajes harían noticia —dijo Simei, que estaba tomando apuntes, regocijado—. Piensen, señores, Paul de Granier de Cassagnac, Licastro (¿cómo decía?) Grimaldi Lascaris Comneno Ventimiglia, Carlo Stivala de Flavigny...

—Robert Bassaraba von Brancovan Khimchiachvili —recordó Lucidi triunfante.

—Creo —añadí yo— que muchos de nuestros lectores habrán sido engatusados alguna vez por propuestas de este tipo, y los ayudaremos a defenderse de estas especulaciones.

Simei tuvo un momento de vacilación y dijo que se lo pensaría. Evidentemente al día siguiente se había informado y nos comunicó que nuestro editor se hacía llamar *Commendatore* porque estaba condecorado con la Encomienda de Santa María en Belén:

—Lo que pasa es que la orden de Santa María en Belén es un bulo. La verdadera es la de Santa María en Jerusalén, es decir, la *Ordo fratrum domus hospitalis Sanctae Mariae Teutonicorum in Jerusalem*, reconocida por el anuario pontificio. Claro que ahora mismo no me fiaría ni de este anuario, con los gatuperios que se llevan entre manos en el Vaticano, pero en fin, lo cierto es que un comendador de Santa María en Belén es como si fuera el alcalde de Jauja. ¿Y ustedes quieren que publiquemos un reportaje que arroja una sombra de sospecha, o incluso de ridículo, sobre la encomienda de nuestro *Commendatore*? Dejemos que cada cual cultive sus propias ilusiones. Lo siento, Lucidi, pero tenemos que tirar su buen reportaje a la papelera.

—¿Usted dice que deberíamos comprobar que cada artículo le guste al *Commendatore*? —preguntó Cambria, especializado como de costumbre en preguntas tontas.

—A la fuerza —repuso Simei—, es nuestro accionista de referencia, como suele decirse.

Entonces Maia se armó de valor y habló de una investigación que a ella le parecía posible. La historia era la siguiente. Por la zona de Porta Ticinese, en un área que se estaba volviendo cada vez más turística, había una pizzería-restaurante llamada Paglia e Fieno. Maia, que vive en los Navigli, el barrio de los canales, pasaba por delante desde hacía años. Y desde hacía años esa pizzería, grandísima, desde cuyas ventanas se veía sitio para por lo menos cien personas, estaba siempre y desoladoramente vacía, salvo algún que otro turista que se tomaba un café en las mesitas de la calle. Y no era un local abandonado, Maia había ido una vez, por curiosidad, y estaba sola, además de una familia sentada veinte mesas más allá. Se tomó precisamente una pasta *paglia e fieno*, un cuarto de vino blanco y una tarta de manzana, todo excelente y a un precio razonable, con camareros muy amables. En fin, que si alguien tiene un local tan grande, con personal, cocina, y todo lo demás, y nadie entra en años y años, si es una persona sensata, se lo quita de encima. Y, en cambio, Paglia e Fieno sigue siempre abierto, día tras día, quizá desde hace diez años, tres mil seiscientos cincuenta días más o menos.

—Pues ahí hay un misterio —observó Costanza.

—No tanto —replicó Maia—. La explicación es evidente; se trata de un local que pertenece a las tríadas, o a la mafia, o la camorra, ha sido adquirido con dinero sucio y es una buena inversión a la luz del sol. Pero, ustedes dirán, la inversión deriva ya del valor de ese espacio y podrían tenerlo cerrado, sin tirar más dinero. Y, en cambio, no, sigue en funcionamiento. ¿Por qué?

—¿Por qué? —preguntó el Cambria de marras.

La respuesta revelaba que Maia tenía un cerebro que funcionaba.

—El local sirve para reciclar diariamente dinero sucio, que llega sin cesar. Tú sirves a los poquísimos clientes que entran por casualidad todas las noches, pero cada noche emites una serie de facturas como si hubieras tenido cien clientes. Una vez que has cerrado la caja, ingresas el dinero en el banco; y para no llamar la atención con toda esa pasta en metálico, puesto que nadie habrá pagado con tarjeta de crédito, abres cuentas en veinte bancos distintos. Con ese capital, que ya es legal, pagas los impuestos que debes, después de haber deducido generosamente los gastos de gestión y de suministro (no es difícil agenciarse facturas falsas). Se sabe perfectamente que para lavar dinero sucio hay que tener en cuenta que perderás el cincuenta por ciento. Con ese sistema pierdes mucho menos.

—¿Pero cómo podemos demostrar todo eso? —preguntó Palatino.

—Sencillo —repuso Maia—, van a cenar dos inspectores de hacienda, mejor él y ella, con aire de dos recién casados, comen y miran a su alrededor, viendo que hay, por ejemplo, solo otros dos clientes. Al día siguiente Hacienda va a hacer una inspección, descubre que se han emitido cien facturas, y a ver qué responden ellos.

—No es tan sencillo —observé yo—. Los dos inspectores entran allí, pongamos a las ocho; después de las nueve, por mucho que coman, se tienen que ir, si no, se vuelven sospechosos. ¿Quién prueba que los cien clientes no entraron entre las nueve y las doce de la noche? Deberías mandar por lo menos tres o cuatro parejas de inspectores para cubrir toda la noche. Aun así, si a la mañana siguiente hay una inspección, ¿qué pasa? Los inspectores se regodean si descubren a quienes no denuncian los ingresos, ¿pero qué pueden hacerle a los que denuncian demasiados? Los del restaurante pueden decir que se les atascó el papel y la caja se quedó bloqueada. Y entonces, ¿qué haces?, ¿una segunda inspección? Los del restaurante no son tontos, ya han identificado a los inspectores y, cuando vuelven, ya no emiten facturas falsas. Los de Hacienda deberían seguir controlándoles noches y noches, manteniendo ocupado a medio ejército de comedores de pizzas, lo cual al cabo de un año podría llevarles a la quiebra, aunque lo más seguro es que se cansaran antes, porque tienen otras cosas que hacer.

—En fin —replicó Maia, picada—, Hacienda ya se las ingeniará, nosotros solo tenemos que señalar el problema.

—Monada —le dijo Simei con afabilidad—, le digo yo qué pasa si publicamos este reportaje. Primero, se nos echarán encima todos los inspectores de Hacienda, a los que usted reprocha que no se han dado cuenta ni remotamente del fraude; y esa es gente que sabe vengarse, si no con nosotros, desde luego con el *Commendatore*. Luego, por otro lado, lo dice usted, tenemos a las triadas, a la camorra, a la 'ndrangheta o a la mafia de turno, ¿y usted cree que van a quedarse tan tranquilos? ¿Y nosotros mientras tanto aquí, felices y contentos esperando que, a lo mejor, nos pongan una bomba en la redacción? Y por último, ¿sabe lo que le digo? Que a nuestros lectores les entusiasmará la idea de comer bien y barato en un local de novela negra: Paglia e Fieno se llenará de imbéciles y nosotros, como recompensa, habremos conseguido que tengan éxito. Así que lo tiramos a la papelera. Usted tranquila, y vuelva a los horóscopos.

VII

Miércoles, 15 de abril, noche

Vi a Maia tan alicaída que la alcancé mientras salía. Sin siquiera darme cuenta la tomé del brazo.

—No se lo tome a mal, Maia. Vamos, la acompaño a su casa y por el camino nos tomamos algo.

—Vivo en los Navigli, y por allá está lleno de bares; conozco uno que prepara un Bellini riquísimo, mi pasión. Gracias.

Entramos en la Ripa Ticinese y yo veía por primera vez los Navigli. Naturalmente había oído hablar de ellos, pero estaba convencido de que los habían enterrado todos, y, en cambio, me parecía estar en Amsterdam. Maia me dijo con cierto orgullo que antaño Milán era de verdad como Amsterdam, atravesado por cinturones de canales hasta el centro. Debía de ser bellísimo, por eso le gustaba tanto a Stendhal. Pero luego los taparon, por razones higiénicas; solo había quedado alguno en esa zona, con su agua pútrida, mientras en otros tiempos había lavanderas en sus orillas. Y si entrabas en el barrio todavía se encontraban rincones con edificios antiguos. Muchos eran casas de corredor.

También esos edificios eran para mí un puro *flatus vocis*, o imágenes de los años cincuenta encontradas cuando corregía enciclopedias y tenía que citar la puesta en escena de *El nost Milan* de Bertolazzi en el Piccolo Teatro. Y también en ese caso, pensaba que eran cosas decimonónicas.

Maia se echó a reír.

—Milán sigue lleno de casas de corredor, lo que pasa es que ya no son para pobres. Venga conmigo, se las enseño. —Me hizo entrar en un doble patio—. Aquí en la planta baja está todo rehabilitado, hay tiendas de pequeños anticuarios, la verdad es que son ropavejeros que se dan pisto y cobran caro, y estudios de pintores en busca de notoriedad. Todo cosas para turistas. Pero allí arriba, aquellos dos pisos son exactamente como eran antaño.

Vi que los pisos superiores estaban rodeados de barandillas de hierro, con las puertas que se abrían a la galería, y pregunté si alguien seguía tendiendo la ropa fuera.

Maia se rió.

—No estamos en Nápoles. Es que casi todo está rehabilitado; en otros tiempos las escaleras daban directamente a la galería, de ahí se entraba en casa, y al fondo había un solo retrete para más de una familia, me refiero a un inodoro a la turca; la ducha o el baño ni soñarlos. Ahora lo han reformado todo para los ricos, en algunos apartamentos han instalado incluso el jacuzzi y cuestan un ojo de la cara. Menos donde yo vivo. Es un apartamento de dos habitaciones con las paredes que rezuman agua, y ya es mucho que hayan conseguido sacar un hueco para el váter y la ducha, pero adoro el barrio. Claro que dentro de poco lo rehabilitarán también, y tendré que marcharme porque no podré permitirme el alquiler. A menos que *Domani* se ponga en marcha lo antes posible y me contraten fija. Por eso soporto todas estas humillaciones.

—No se lo tome a mal, Maia; es obvio que en una fase de rodaje hay que entender qué conviene contar y qué no. Y, por otra parte, Simei tiene responsabilidades, hacia el periódico y hacia el editor. Quizá cuando usted se ocupaba de afectuosas amistades nada tenía desperdicio, pero aquí es distinto, estamos pensando en un diario.

—Por eso esperaba haber salido de ese ambiente de basuras amorosas, quería ser una periodista seria. Pero quizá sea una fracasada. No acabé la carrera para ayudar a mis padres hasta que murieron, luego era demasiado tarde para retomarla, vivo en un agujero, nunca seré enviada especial, qué sé yo, en la guerra del Golfo... ¿Qué hago? Horóscopos, les vacilo a unos papanatas. ¿No es un fracaso esto?

—Acabamos de empezar; cuando las cosas estén encarriladas, alguien como usted tendrá espacios. Hasta ahora ha dado sugerencias brillantes, me ha gustado y creo que le ha gustado también a Simei.

Sentía que le estaba mintiendo, habría querido decirle que se había metido en un túnel sin salida, que nunca la mandarían al golfo, que quizá era mejor que escapara antes de que fuera tarde, pero no podía deprimirla aún más. Me salió espontáneo decirle la verdad, pero, en vez de hablar de ella, hablaba de mí.

Visto que estaba a punto de ofrecerle mi corazón al desnudo, como el poeta, casi sin darme cuenta pasé por instinto al tú.

—Mírame, aquí donde me ves, tampoco yo he acabado la carrera, siempre he hecho chapuzas de mandado y he llegado a un periódico a los cincuenta y pico. ¿Y sabes cuándo empecé a ser de verdad un perdedor? Cuando empecé a pensar que era un perdedor. Si no me hubiera comido tanto el tarro, habría ganado por lo menos alguna mano.

—¿Cincuenta años y pico? No los aparenta. O sea, no los aparentas.

—¿Me habrías echado solo cuarenta y nueve?

—No, perdona, eres un hombre bien plantado y cuando nos das clase se nota que tienes sentido del humor. Lo cual es indicio de frescura, de juventud…

—Si acaso es indicio de sabiduría y, por lo tanto, de canicie.

—No; se nota que no te crees lo que dices, pero evidentemente has aceptado correr esta aventura y lo haces con un cinismo…, cómo diría yo…, lleno de alegría.

¿Lleno de alegría? Ella era una mezcla de alegría y melancolía y me miraba con ojos (¿cómo diría un mal escritor?) de cervatilla. ¿De cervatilla? Vamos, es que al caminar me miraba de abajo hacia arriba, porque yo era más alto que ella. Eso era todo. Cualquier mujer que te mira de abajo hacia arriba parece Bambi.

Mientras tanto, habíamos llegado a su bar, ella saboreaba su Bellini y yo me sentía apaciguado ante mi whisky. Miraba de nuevo a una mujer que no fuera una prostituta y me sentía casi rejuvenecer.

Quizá fuera el alcohol, porque empecé a soltar las amarras de las confidencias. ¿Hacía cuánto que no me confiaba con nadie? Le conté que en su día tuve una mujer que me dejó plantado. Le conté que me había conquistado porque una vez, al principio, para justificar una metedura de pata, le dije que me perdonara porque quizá era tonto, y ella me dijo te quiero aunque seas tonto. Cosas de este tipo pueden hacerte enloquecer de amor, pero luego se daría cuenta de que yo era más tonto de lo que ella podía soportar, y ahí se acabó.

Maia se reía («¡Qué gran declaración de amor, te quiero aunque seas tonto!») y luego me contó que, aunque era más joven, y jamás había pensado que era tonta, había tenido también ella historias infelices, quizá porque no sabía soportar la estupidez del otro, o quizá porque todos los de su edad o poco más le parecían unos inmaduros.

—Como si yo fuera madura. Así que, ya me ves, tengo casi treinta años y todavía sigo soltera. Nunca nos conformamos con lo que tenemos.

¿Treinta años? En los tiempos de Balzac, una mujer de treinta años ya estaba mustia, Maia aparentaba veinte, de no ser por ciertas pequeñas arrugas finísimas alrededor de los ojos, como si hubiera llorado mucho, o fuera fotófoba y guiñara siempre los ojos en los días de sol.

—No hay mayor éxito que el ameno encuentro de dos fracasos —dije, y en cuanto lo dije casi me sentí asustado.

—Bobo —me dijo con donaire. Luego se excusó, temerosa de aquel exceso de familiaridad.

—No, es más, te lo agradezco —le dije—, nunca me ha llamado nadie bobo de una manera tan seductora.

Me había pasado. Por suerte ella fue rápida cambiando de discurso.

—Intentan dárselas de un Harry's Bar —dijo—, y ni siquiera saben exponer como es debido los licores. Mira, entre los distintos whiskys hay una ginebra Gordon, mientras que la Sapphire y la Tanqueray están en otro sitio.

—¿Qué? ¿Dónde? —pregunté mirando de frente, donde solo había otras mesas.

—No —me dijo—, en la barra.

Me di la vuelta, tenía razón, ¿pero cómo había podido pensar que yo veía lo que veía ella? Este fue solo un atisbo del descubrimiento que haría más tarde, ayudado por ese deslenguado de Braggadocio. En aquel momento no le presté mucha atención, y aproveché la ocasión para pedir la cuenta. Le dije aún algunas frases de consuelo y la acompañé a un portal desde donde se divisaba un zaguán con el taller de un colchonero. Por lo visto, siguen existiendo los colchoneros, a pesar de los anuncios de colchones de muelles de la tele. Me dio las gracias:

—Ahora me siento más serena —me sonrió dándome la mano. Era tibia y agradecida.

Volví a casa a lo largo de los canales de un viejo Milán más benévolo que el de Braggadocio. Tenía que conocer mejor aquella ciudad, que reservaba tantas cosas asombrosas.

VIII

Viernes, 17 de abril

Los días siguientes, mientras cada cual preparaba sus deberes (como habíamos dado en llamarlos), Simei nos entretenía con proyectos quizá no inmediatos, pero en los que empezar a pensar.

—Todavía no sé si será para el número cero/uno o para el cero/dos, aunque bien es verdad que en el cero/uno tenemos aún muchas páginas en blanco; no digo que tengamos que salir con sesenta páginas como el *Corriere*, pero por lo menos veinticuatro tenemos que hacerlas. Para algunas nos las arreglamos con la publicidad; da igual que no nos la dé nadie, la tomamos de otros periódicos y hacemos como si nos la hubieran dado. Y de momento se le infunde confianza a nuestro editor, que puede vislumbrar una buena fuente de ganancias futuras.

—Y media página de esquelas —sugirió Maia—, también suponen dinero contante y sonante. Déjeme inventármelas. Adoro quitarles la vida a personajes con nombres raros y familias desconsoladas, pero sobre todo me gustan, para las muertes importantes, los dolientes *a latere*, esos a los que les importan un bledo el difunto y su familia, pero que usan la esquela como *name dropping*, para decir: yo también lo conocía.

Como siempre, sutil. Pero tras el paseo de aquella noche la mantenía un poco a distancia, y también ella se mantenía apartada; nos sentíamos mutuamente indefensos.

—Bien por las esquelas —dijo Simei—, pero acabe antes los horóscopos. Estaba pensando en otra cosa. Me refiero a los burdeles, sí, a las casas de putas. Yo me acuerdo de ellos, ya era adulto en 1958 cuando los cerraron.

—Yo ya era mayor de edad —dijo Braggadocio—, y bastantes burdeles había explorado ya.

—No me refiero al burdel de la via Chiaravalle, una auténtica casa de lenocinio, con los urinarios a la entrada para permitir que las tropas se descargaran antes de entrar...

—... y los putones con sus carnes fofas que pasaban dando grandes zancadas y sacándoles la lengua a los soldados y a los provincianos asustados, con la *maîtresse* que gritaba vamos, jóvenes, qué hacemos aquí tocándonos los cojones...

—Por favor, Braggadocio, aquí hay una señora.

—Quizá si tuvieran ustedes que escribir al respecto —reaccionó Maia, sin apuro—, deberían decir que hetairas en edad sinodal paseaban indolentes, acentuando una mímica lasciva, ante clientes enardecidos por el deseo...

—Muy bien, Fresia, no exactamente así, pero desde luego habrá que encontrar un lenguaje más delicado. Entre otras cosas porque yo me sentía fascinado por las casas más respetables, como la de San Giovanni sul Muro, de estilo modernista, llena de intelectuales que no iban allí por el sexo (eso decían) sino por la historia del arte...

—O la de la via Fiori Chiari, toda ella *art déco* con azulejos multicolores —dijo Braggadocio con la voz teñida de nostalgia—. Quién sabe cuántos de nuestros lectores se acuerdan.

—Y los que entonces todavía no eran mayores de edad los han visto en las películas de Fellini —recordé, porque, cuando no tienes recuerdos en la memoria, los tomas del arte.

—Vea usted, Braggadocio —acabó Simei—, hágame una buena nota de color, tipo los buenos tiempos pasados no fueron tan malos.

—Pero ¿por qué volver a descubrir los burdeles? —pregunté perplejo—. Si el tema puede excitar a los vejetes, escandalizará a las viejecillas.

—Colonna —dijo Simei—, le voy a revelar una cosa. Tras el cierre del cincuenta y ocho, hacia los años sesenta, alguien adquirió el antiguo burdel de la via Fiori Chiari y lo convirtió en un restaurante, muy chic con todos esos azulejos policromados. Pero conservaron uno o dos retretes, y doraron los bidés. Si supiera usted cuántas señoras excitadas les pedían a sus maridos que visitaran esos cuchitriles para entender qué pasaba en los viejos tiempos... Naturalmente el tema funcionó solo un tiempo, luego también las señoras se cansaron, o quizá la cocina no estaba a la altura de todo lo demás. El restaurante cerró y la historia se acabó. Pero óigame usted, estoy pensando en una página temática: a la izquierda la nota de Braggadocio, a la derecha un reportaje sobre la degradación de los bulevares periféricos, con el indecoroso tráfico de busconas, que por la noche no puedes pasar con niños. Ningún comentario que vincule los dos fenómenos; dejemos que el lector saque las conclusiones; en el fondo de su corazón, todos están de acuerdo en un regreso a los sanos prostíbulos, las mujeres para que los maridos no se paren en los bulevares para meterse a un putón en el coche y lo apeste con su perfume de cuatro perras; los hombres para escabullirse hacia uno de esos zaguanes, y si alguien te ve, pues dices que pasas por ahí por eso del color local, o incluso para ver el modernismo. ¿Quién me hace el reportaje sobre las fulanas?

Costanza dijo que quería ocuparse él y todos estuvieron de acuerdo; pasar algunas noches en los bulevares significaba gastar demasiado en gasolina, y se corría el riesgo de cruzarse con una patrulla de la policía.

Aquella tarde me quedé impresionado por la mirada de Maia. Como si se hubiera dado cuenta de que se había metido en el foso de las serpientes. Por eso, venciendo toda prudencia por mi parte, aguardé a que saliera, esperé un rato en la acera, diciéndoles a los demás que tenía que quedarme en el centro para pasar por una farmacia —sabía por dónde iría— y la alcancé a medio camino.

—Yo me largo, me largo —me dijo casi llorando, y temblaba toda ella—. ¿Pero en qué clase de periódico he ido a parar? Por lo menos mis afectuosas amistades no le hacían daño a nadie; a lo sumo, enriquecían a los peluqueros de señoras, adonde las señoras iban precisamente a leer mis revistillas.

—Maia, no te lo tomes así, Simei hace experimentos mentales, puede ser que no quiera publicarlos de verdad. Estamos en una fase inventiva, se aventuran hipótesis, escenarios, es una buena experiencia, y nadie te ha pedido que pasees disfrazada de furcia por los bulevares para entrevistar a una de ellas. Es que esta tarde lo estás viendo todo torcido, debes dejar de pensar en ello. ¿Qué te parece si vamos al cine?

—En ese echan una película que ya he visto.

—¿Cuál? ¿Ese?

—El que acabamos de pasar, al otro lado de la calle.

—Pero si yo te llevaba del brazo y te miraba, no miraba hacia el otro lado de la calle. ¿Sabes que eres de lo más chocante?

—Tú nunca ves lo que veo yo —dijo—. Pero vayamos al cine; compramos un periódico y miramos qué ponen por este barrio.

Fuimos a ver una película de la que no recuerdo nada porque, al notar que ella seguía temblando, en un momento dado le tomé la mano, también esta vez tibia y agradecida, y nos quedamos allí como dos enamorados, pero de los de las novelas de caballerías que dormían con la espada por en medio.

Al acompañarla a casa —ya se le había levantado un poco la moral— la besé fraternalmente en la frente, dándole una palmadita en la mejilla, como le corresponde al amigo anciano. En el fondo (me decía), podría ser su padre.

O casi.

IX

Viernes, 24 de abril

Aquella semana el trabajo avanzó sin prisas. Nadie parecía tener muchas ganas de trabajar, ni siquiera Simei. Por otra parte, doce números en un año no eran un número al día. Yo leía los primeros borradores de los textos, uniformaba el estilo, intentaba suprimir las expresiones rebuscadas. Simei lo aprobaba:

—Señores, estamos haciendo periodismo, no literatura.

—A propósito —intervino Costanza—, se está extendiendo esta moda de los móviles. Ayer, uno en el tren, a mi lado, no paraba de hablar de sus relaciones con el banco, y me enteré de toda su vida. Creo que la gente se está volviendo loca. Habría que hacer una nota de sociedad.

—El tema de los móviles —rebatió Simei— no puede durar. Primero, cuestan una barbaridad y se lo pueden permitir solo unos pocos. Segundo, la gente descubrirá dentro de nada que no es indispensable llamar a todo el mundo cada dos por tres, lamentarán perder la conversación privada, cara a cara, y a fin de mes se darán cuenta de que la factura ha alcanzado cifras astronómicas. Es una moda que está destinada a pasar de aquí a un año, a lo sumo dos. Por ahora los móviles les resultan útiles solo a los adúlteros, para poder tener relaciones sin usar el teléfono de casa; y quizá a los fontaneros, que pueden recibir llamadas en cualquier momento mientras están fuera. A nadie más. Así que, a nuestro público, que en su mayoría no posee un móvil, esa nota de sociedad no le interesa, y a los pocos que lo tienen les deja indiferentes; es más, nos considerarían unos esnobs, unos *radical chic*.

—No solo eso —intervine yo—, calculen que Rockefeller o Agnelli, o el presidente de Estados Unidos, no necesitan el móvil, porque tienen una legión de secretarios y secretarias que se ocupan de ellos. Por eso, dentro de poco, descubriremos que lo usan solo las personas de medio pelo, los pobrecillos que tienen que estar a disposición del banco para que les digan que tienen números rojos en la cuenta, o del jefe, que controla lo que están haciendo. El móvil se convertirá en un símbolo de inferioridad social, y nadie lo querrá.

—No estaría yo tan segura —dijo Maia—, es como el *prêt-à-porter*, o la combinación de camiseta, vaqueros y fular: pueden permitírsela tanto la señora de la alta sociedad como la proletaria, lo malo es que la segunda no sabe combinar las piezas, o considera digno llevar únicamente vaqueros nuevos y flamantes y no se pone los que están gastados en las rodillas, y además los lleva con tacones, por lo que te das cuenta inmediatamente de que no es una señora de la alta sociedad. Pero la proletaria no lo capta y sigue llevando tan a gusto sus piezas mal combinadas, sin darse cuenta de que está firmando su condena.

—Y como a lo mejor lee *Domani*, nosotros vamos y le decimos que no es una señora. Y que su marido es un pelado o un adúltero. Y además, tal vez el *Commendatore* Vimercate piense meter las narices en las empresas de móviles y nosotros le hacemos la pascua. En fin, o el argumento es insignificante o quema demasiado. Dejémoslo. Es como la historia del ordenador. Aquí el *Commendatore* nos ha permitido tener uno para cada uno, y son cómodos para escribir o archivar datos, aunque yo estoy chapado a la antigua y nunca sé dónde poner las manos. La mayor parte de nuestros lectores es como yo, y no lo necesita porque no tiene datos que archivar. No vayamos a crear en el público complejos de inferioridad.

Abandonada la electrónica, ese día nos dedicamos a releer un artículo debidamente enmendado y Braggadocio observó:

—¿La ira de Moscú? ¿No es trivial usar siempre expresiones tan enfáticas, la ira del presidente, la indignación de los jubilados y cosas por el estilo?

—No —dije—, el lector se espera precisamente estas expresiones, así lo han acostumbrado todos los periódicos. El lector entiende lo que está pasando solo si se le dice que estamos en un cuerpo a cuerpo, que el gobierno anuncia lágrimas y sangre, que se torpedea una ley, que el Quirinale está en pie de guerra, que Craxi descarga todos sus cartuchos, que vivimos una etapa convulsa, que no debe satanizarse al adversario, que es el momento de hacer los deberes, que estamos con el agua al cuello, o también, que estamos en el ojo del huracán. Y el político no dice o afirma con energía sino que clama. Y las fuerzas del orden han actuado con profesionalidad.

—¿De verdad debemos hablar siempre de profesionalidad? —interrumpió Maia—. Aquí todos trabajan con profesionalidad. Es cierto que un albañil que levanta una pared que luego no se cae actúa de forma profesional, pero entonces la profesionalidad debería ser la norma, y habría que hablar solo del albañil chapucero que levanta la pared que luego se cae. Está claro que si llamo al fontanero y me desatasca el lavabo, yo le doy las gracias y le digo buen trabajo, gracias, no voy y le digo que ha sido muy profesional. Faltaría más que hiciera como Mickey Mouse cuando se mete a fontanero. Este insistir en los casos de profesionalidad como si fueran extraordinarios hace pensar que la gente por norma general trabaja con los pies.

—Y en efecto —seguí—, el lector piensa que la gente por norma general trabaja con los pies y hay que poner de relieve los casos de profesionalidad; es un modo más técnico de decir que todo ha salido bien. ¿Los carabineros han capturado a un ladrón de gallinas? Han actuado con profesionalidad.

—Pues es como lo del Papa bueno. Da por descontado que los papas de antes eran malos.

—Quizá la gente lo pensaba, si no, no lo habrían llamado Papa bueno. ¿Han visto alguna vez una foto de Pío XII? En una película de James Bond lo habrían elegido para hacer de jefe de Spectra.

—Es que, que Juan XXIII era el Papa bueno, lo dijeron los periódicos y la gente los siguió.

—Exacto. Los periódicos enseñan a la gente cómo debe pensar —interrumpió Simei.

—Pero los periódicos ¿siguen las tendencias de la gente o las crean?

—Ambas cosas, señorita Fresia. La gente al principio no sabe qué tendencia tiene, luego nosotros se lo decimos y entonces la gente se da cuenta de que la tiene. Venga, no hagamos demasiada filosofía y trabajemos como profesionales. Siga adelante, Colonna.

—Bien —retomé—, sigamos con mi lista: hay que nadar y guardar la ropa, el cuarto de los botones, alguien desentierra el hacha de guerra, bajo la lupa de los investigadores, estar en danza, fuera del túnel, darle la vuelta a la tortilla, echar un jarro de agua fría, no bajemos la guardia, mala hierba nunca muere, el viento cambia, la televisión se lleva el papel principal y nos deja las migajas, hay que encarrilar el país, el índice de audiencia se ha desplomado, lanzar una señal clara, tranquilizar a los mercados, salir malparados, a trescientos sesenta grados, una dolorosa espina en el flanco, ha empezado la operación retorno... Y, sobre todo, pedir perdón. La Iglesia anglicana le pide perdón a Darwin; el estado de Virginia pide perdón por el drama de la esclavitud; ENEL pide perdón por los problemas de suministro eléctrico; el gobierno canadiense ha pedido perdón oficialmente a los inuit. No debe decirse que la Iglesia ha reconsiderado sus antiguas posiciones sobre la rotación de la Tierra, sino que el Papa pide perdón a Galileo.

—Es verdad —dijo Maia, aplaudiendo—, y nunca he entendido si esta moda de pedir perdón indica un ejercicio de humildad o de desfachatez: haces algo que no deberías, luego pides perdón y te lavas las manos. Se me ocurre ese chiste viejo, el del vaquero que va cabalgando por el llano cuando oye una voz del cielo que le manda que vaya a Abilene, luego en Abilene la voz le dice que entre en el salón, luego que apueste todo su dinero a la ruleta, al número cinco; seducido por la voz celestial, el vaquero obedece; sale el dieciocho y la voz susurra: Qué pena, hemos perdido.

Nos reímos, luego pasamos a otro tema. Se trataba de leer bien y discutir el texto de Lucidi sobre los acontecimientos del Pio Albergo Trivulzio, y la discusión nos llevó una buena media hora. Al final, cuando Simei en un ímpetu de mecenazgo encargó al bar de abajo café para todos, Maia, que estaba sentada entre Braggadocio y yo, susurró:

—Pues yo haría lo contrario, quiero decir, si el periódico fuera para un público más evolucionado, me gustaría tener una sección que diga lo contrario.

—¿Que diga lo contrario de Lucidi? —preguntó receloso Braggadocio.

—No, no, ¿qué han entendido? Me refiero a lo contrario de los lugares comunes.

—Pero si lo hemos hablado hace más de media hora —dijo Braggadocio.

—Vale, es que yo seguía pensando en ello.

—Pues nosotros no —dijo Braggadocio, seco.

Maia no parecía herida por la objeción y casi nos miraba como si fuéramos unos desmemoriados.

—Me refiero a lo contrario del ojo del huracán o del ministro que clama. Por ejemplo, Venecia es la Amsterdam del sur, a veces la fantasía supera la realidad, vaya por delante que soy racista, las drogas duras son la antecámara de los porros, haz como si estuvieras en mi casa, si le parece nos tratamos de usted, a falta de tortas bueno es el pan, estoy chocho pero no soy viejo, para mí el chino es como las matemáticas, el éxito me ha cambiado, en el fondo Mussolini hizo también muchas porquerías, París es feo mientras que los parisinos son amabilísimos, en Rímini están todos en la playa y no

pisan jamás la discoteca, transfirió todas sus riquezas a Batti-
paglia.

—Sí y toda una seta envenenada por una familia. ¿Pero de
dónde se saca todas esas majaderías? —preguntó Braggadocio, como si fuera el cardenal Hipólito de Este con Ariosto.

—Algunas estaban en un librito que salió hace algunos
meses —dijo Maia—. Pero perdónenme, está claro que para
Domani no sirven. No acierto ni una. Quizá sea hora de que
me marche.

—Oye —me dijo después Braggadocio—, sal conmigo,
me muero de ganas de contarte una cosa. Si no la cuento,
voy a estallar.

Media hora después estábamos de nuevo en la taberna
Moriggi, pero en el camino Braggadocio no quiso contarme
nada de sus revelaciones. En cambio, observó:

—Ya te habrás dado cuenta de cuál es la enfermedad de
esta Maia. Es autista.

—¿Autista? Pero si los autistas se quedan encerrados en sí
mismos y no se comunican con su entorno. ¿Por qué iba a
ser autista?

—He leído un experimento sobre los primeros síntomas
del autismo. Pon que en un cuarto estemos Jaimito, el niño
autista, tú y yo. Tú me dices que esconda una pelotita en algún sitio y salga. Yo la coloco en un jarrón. Cuando salgo, tú
vas y quitas la pelotita del jarrón y la metes en un cajón. Lue-

go le preguntas a Jaimito: cuando el señor Braggadocio vuelva, ¿dónde buscará la pelotita? Y Jaimito dirá: en el cajón, ¿no? Es decir, Jaimito no piensa que en mi mente la pelotita sigue estando en el jarrón porque en su mente ya está en el cajón. Jaimito no sabe ponerse en lugar de otro, piensa que todos tenemos en la cabeza lo que él tiene en la suya.

—Pero eso no es autismo.

—No sé qué es, quizá sea una forma leve de autismo, al igual que los detallistas son unos paranoicos en su primer estadio. Pues Maia es así, le falta la capacidad de ponerse en el punto de vista del otro, piensa que todos piensan lo que piensa ella. Ya lo viste el otro día, cuando dijo que él no tenía que ver, y él se refería a alguien de quien habíamos hablado hacía una hora. Ella siguió pensándolo, o se le volvió a ocurrir en aquel momento pero no pensaba que nosotros podíamos haber dejado de pensar en ello. Está loca, como poco, te lo digo yo. Y tú que no dejas de mirarla mientras habla como si fuera un oráculo…

Me parecían tonterías y corté por lo sano con una ocurrencia:

—Los que hacen oráculos siempre están locos. Será una descendiente de la Sibila de Cumas.

Llegamos a la taberna, y Braggadocio empezó a hablar.

—Tengo un notición entre manos que haría que *Domani* vendiera cien mil copias, si ya estuviera a la venta. Pero an-

103

tes, quiero un consejo. ¿Tendré que darle lo que estoy descubriendo a Simei, o intentar vendérselo a otro periódico, a uno verdadero? Es dinamita, y tiene que ver con Mussolini.

—No me parece una historia de rabiosa actualidad.

—La actualidad es descubrir que alguien nos ha estado engañando hasta ahora. Es más, nos han estado engañando muchos; es más, todos.

—¿En qué sentido?

—Es una historia larga, y por ahora tengo solo una hipótesis; es que sin coche no puedo ir a donde debería para interrogar a los testigos que han sobrevivido. De todas formas, empecemos por los hechos tal como los conocemos todos, luego te diré por qué mi hipótesis sería razonable.

Braggadocio no hizo sino resumirme a grandes líneas lo que él definía como la vulgata corriente, la que era demasiado fácil —decía— para ser verdadera.

Así pues, los aliados rompen la Línea Gótica y se dirigen a Milán; la guerra ya está perdida y el 18 de abril de 1945 Mussolini abandona el lago de Garda rumbo a Milán, donde se refugia en las dependencias de la prefectura. Consulta una vez más a sus ministros sobre una posible resistencia en un pequeño enclave en el valle de Valtellina, pero ya está preparado para el fin. Dos días después concede la última entrevista de su vida al último de sus fidelísimos, Gaetano Cabella, que había dirigido el último diario de la República de Salò, el *Popolo di Alessandria*. El 22 de abril pronuncia su canto del cisne ante unos oficiales de la Guardia Republicana, diciendo, según parece, «Si la patria está perdida, es inútil vivir».

Los días siguientes los aliados llegan a Parma, Génova es liberada y, por fin, la mañana del fatídico 25 de abril los obreros ocupan las fábricas de Sesto San Giovanni, a las puertas de Milán. Por la tarde, Mussolini junto con algunos de sus hombres, entre ellos el general Graziani, es recibido por el cardenal Schuster en el obispado, que le ha organizado un encuentro con el Comité de Liberación. Parece ser que, al final de la reunión, Sandro Pertini, que llegaba tarde, se cruzó con Mussolini por las escaleras, pero tal vez esto sea una leyenda. El Comité de Liberación impone una rendición incondicional, avisando de que incluso los alemanes habían empezado a tratar con ellos. Los fascistas (los últimos son siempre los más desesperados) no aceptan rendirse de forma ignominiosa, piden tiempo para pensar en ello y se marchan.

Por la noche, los jefes de la Resistencia ya no pueden seguir esperando que los adversarios se lo piensen, y dan la orden de insurrección general. Y es entonces cuando Mussolini huye hacia Como, con un convoy de sus seguidores más fieles.

A Como había llegado también su mujer, Rachele, con sus hijos Romano y Anna Maria, pero inexplicablemente Mussolini se niega a verlos.

—¿Por qué? —me hacía observar Braggadocio—. ¿Porque aguardaba el encuentro con su amante, Claretta Petacci?

Pero si ella todavía no había llegado, ¿qué le costaba ver a su familia diez minutos? Ten en cuenta este punto porque de ahí surgieron mis sospechas.

A Mussolini, Como le parecía una base segura porque se decía que había pocos partisanos por los alrededores y era posible esconderse hasta la llegada de los aliados. Efectivamente, ese era el verdadero problema de Mussolini: no caer en manos de los partisanos sino entregarse a los aliados que le consentirían tener un proceso regular y luego ya se vería. O, tal vez, consideraba que desde Como se podía llegar hasta Valtellina, donde secuaces fidelísimos como Pavolini le garantizaban que podrían organizar una resistencia fuerte, con algunos miles de hombres.

—Pero, llegados a ese punto, renuncian a Como. Y perdóname que me salte la maraña de desplazamientos de ese condenado convoy, porque ni yo me aclaro, y a efectos de mi investigación poco importa adónde van y adónde vuelven. Digamos que se dirigen hacia Menaggio, quizá con la intención de llegar a Suiza, luego el convoy llega a Cardano, adonde también llega Claretta Petacci, y aparece una escolta alemana que había recibido órdenes de Hitler de llevar a su amigo hacia Alemania (a lo mejor en Chiavenna lo esperaba un avión para ponerlo a salvo en Baviera). Ahora bien, alguien piensa que no es posible llegar a Chiavenna, el convoy vuelve a Menaggio, durante la noche llega Pavolini, que debería llevar consigo ayuda militar, pero lo acompañan solo siete u ocho hombres de la Guardia Nacional Republicana. El Duce se siente acosado, nada de resistencia en Valtellina, no le queda más remedio que unirse, con los jerarcas y sus familias, a una columna alemana que intenta cruzar los Alpes. Se trata de veintiocho camiones de soldados, con ametralladoras en cada uno de los camiones, y una columna de italianos compuesta por una tanqueta y una decena de vehículos civiles. Pero en Musso, antes de Dongo, la columna se topa con los hombres del destacamento Puecher de la 52 Brigada Garibaldi. Son cuatro gatos, su comandante es Pedro, el conde Pier Luigi Bellini delle Stelle; su comisario político es Bill, Urbano Lazzaro. Pedro es un temerario y empieza a marcarse un farol por desesperación. Les hace creer a los alemanes que toda la montaña a su alrededor está llena de partisanos, amenaza con disparar unos morteros que, en cambio, siguen estando en manos alemanas, se da cuenta de que el comandante intenta resistir pero los soldados ya están atemorizados, lo único que tienen son ganas de salvar el pellejo y volver a casa, levanta cada vez más el tono… En fin, tira y afloja, tras parlamentos extenuantes que te ahorro, Pedro convence a los alemanes no solo de que se rindan, sino de que abandonen a los italianos que llevaban con ellos. De este modo podrán seguir hasta Dongo, donde deberán detenerse y someterse a una inspección general. En fin, los alemanes se portan como unos auténticos canallas con sus aliados italianos, pero el pellejo es el pellejo.

Pedro pide que le entreguen a los italianos, no solo porque está seguro de que se trata de jerarcas fascistas, sino también porque empiezan a correr voces de que entre ellos está nada menos que Mussolini. Pedro tiene sus dudas, va a parlamentar con el mando de la tanqueta, el subsecretario de la presidencia del consejo de ministros (de la difunta República Social), Barracu, mutilado de guerra que ostenta una medalla de oro, y que en el fondo le causa una buena impresión. Barracu quisiera seguir hacia Trieste, donde se propone salvar la ciudad de la invasión yugoslava, y Pedro le da a entender amablemente que está loco, nunca llegaría a Trieste y si llegara serían cuatro gatos contra el ejército titino; entonces Barracu pide poder volver hacia atrás para unirse Dios sabe dónde con Graziani. Pedro, al final (después de haber registrado la tanqueta y ver que Mussolini no está) autoriza a que inviertan la marcha porque no quiere entablar un conflicto armado que podría hacer retroceder a los alemanes, pero mientras va a ocuparse de otro tema ordena a los suyos que controlen que la tanqueta dé efectivamente marcha atrás, porque si siguiera hacia delante, tan solo dos metros, habría que empezar a disparar. Y lo que pasa es que la tanqueta da un salto hacia delante disparando, o quizá se adelanta para poder hacer bien la maniobra, quién sabe qué pasaría; en definitiva, que los partisanos se ponen nerviosos y abren fuego, breve intercambio de disparos, dos fascistas muertos y dos partisanos heridos y, al final, tanto los pasajeros de la tanqueta como los de los coches quedan arrestados. Uno de ellos, Pavolini, intenta fugarse, se arroja al lago, lo pescan y lo ponen con los demás, mojado como un pollito.

Entonces Pedro recibe un mensaje de Bill, desde Dongo. Mientras registran los camiones de la columna alemana lo llama un partisano, Giuseppe Negri, y le dice que «ghè chi el Crapun», es decir, que allí estaba el cabezón, o sea, que según él un extraño soldado con yelmo en la cabeza, gafas de sol y cuello del abrigo levantado no era sino Mussolini. Bill va a comprobarlo, el extraño soldado se hace el longuis, pero al final lo desenmascaran, es de verdad el Duce, y Bill —no sabiendo muy bien qué hacer— intenta estar a la altura del momento histórico y le dice: «En nombre del pueblo italiano queda arrestado», y lo lleva al ayuntamiento.

Mientras tanto, en Musso, entre los coches de los italianos, descubren uno con dos mujeres, dos niños y un tipo que afirma ser el cónsul español y que tiene un importante encuentro en Suiza con cierto agente inglés, pero sus documentos parecen falsos, y lo arrestan mientras protesta a voz en cuello.

Pedro y los suyos están viviendo un momento histórico pero al principio parecen no darse cuenta, les preocupa solo mantener el orden público, evitar el linchamiento, asegurar a los prisioneros que no se les tocará un pelo y que serán entregados al gobierno italiano en cuanto consigan informarlo. Efectivamente, en la tarde del 27 de abril, Pedro consigue telefonear a Milán la noticia del arresto, y entonces entra en escena el Comité de Liberación, que acababa de recibir un telegrama aliado que le pedía que entregara al Duce y a todos los miembros del gobierno de la República Social, según una cláusula del armisticio firmado en 1943 por Badoglio y Eisenhower («Benito Mussolini y sus principales asociados fascistas... que ahora o en el futuro se encuentren en el territorio controlado por el mando militar aliado o por el gobierno italiano, quedarán arrestados inmediatamente y serán entregados a las Fuerzas de las Naciones Unidas»). Y se decía que en el aeropuerto de Bresso iba a aterrizar una aeronave para recoger al dictador. El Comité de Liberación estaba convencido de que, en manos de los aliados, Mussolini se salvaría, quizá permanecería encerrado en un fuerte durante algunos años, y luego volvería a la escena. En cambio, Luigi Longo (que en el Comité representaba a los comunistas) dijo que, siendo así, a Mussolini había que cargárselo enseguida, sin miramientos, sin proceso y sin frases históricas. Y la mayor parte del Comité veía que el país necesitaba de inmediato un símbolo, un símbolo concreto, para entender que el ventenio fascista había acabado de verdad: el cuerpo muerto del Duce. Además, el temor no residía solo en que los aliados se apoderaran de Mussolini sino también en que, de no conocerse el destino de Mussolini, su imagen permaneciera como una presencia desencarnada pero molesta, como el Federico Barbarroja de la leyenda, encerrado en una caverna, dispuesto a inspirar cualquier fantasía de regreso al pasado.

—Y ya verás dentro de poco que a los de Milán no les faltaba la razón... Aun así, no todos compartían la misma opinión: entre los miembros del Comité, el general Cadorna tendía a complacer a los aliados, pero había quedado en minoría y el Comité decidió enviar una misión a Como para ocuparse de la ejecución de Mussolini. Y el piquete, siempre según la vulgata, estaba al mando de un hombre de segura fe comunista, el coronel Valerio, y del comisario político Aldo Lampredi.

»Te ahorro todas las hipótesis alternativas, por ejemplo, que el ejecutor no fue Valerio sino alguien más importante que él. Se murmuró incluso que el verdadero justiciero fue el hijo de Matteotti, o que quien al final disparó fue Lampredi, el verdadero cerebro de la misión, etcétera. Pero demos por bueno lo que fue revelado en 1947, que Valerio era el contable Walter Audisio, quien entraría como héroe en el Parlamento con el Partido Comunista. Por lo que me concierne, que fuera Valerio u otro, la esencia no cambia, así que sigamos hablando de Valerio. Entonces, Valerio sale hacia Dongo con su escuadra. Mientras tanto, sin saber de la llegada inminente de Valerio, Pedro decide esconder al Duce porque teme que unidades fascistas errantes intenten liberarlo. Y para que el refugio del prisionero permanezca secreto, decide transferirlo primero de manera reservada, sí, pero dando por descontado que la noticia se difundiría, un poco hacia el interior, al cuartel de la policía de Germasino. Después, entrada la noche, habría que recoger al Duce para llevarlo a otro lugar, ese sí conocido por muy pocos, en dirección a Como.

»En Germasino, Pedro tiene la ocasión de intercambiar algunas palabras con el arrestado, el cual le ruega que salude a una señora que estaba en el coche con el cónsul español, y tras alguna reticencia admite que se trata de Claretta Petacci. Pedro encontrará a Claretta, quien, al principio, intentará hacerse pasar por otra, luego cede, se desahoga contándole su vida junto al Duce y le pide como extrema gracia reunirse con su amado. A lo cual, Pedro, perplejo, consiente tras haberlo consultado con sus colaboradores, tocado por ese caso humano. Y entonces Claretta Petacci participa en el viaje nocturno de Mussolini a la segunda sede, donde al final nunca llegan, porque se recibe la noticia de que Como está ya en manos de los aliados, que están liquidando el último foco de oposición fascista; y, por lo tanto, el pequeño convoy de coches se desvía otra vez hacia el norte. Se detienen en Azzano, y tras un breve trayecto a pie, los fugitivos son acogidos por una familia de confianza, los De Maria, en cuya casa Mussolini y Petacci tienen a su disposición una habitacioncita con cama de matrimonio.

Pedro no sabe que es la última vez que verá a Mussolini. Vuelve a Dongo, donde llega a la plaza un camión lleno de gente armada, con uniformes nuevos y relucientes que desentonan con la indumentaria desharrapada de sus partisanos, que parece haber salido de una trapería. Los recién llegados se despliegan ante el ayuntamiento. Su jefe se presenta como el coronel Valerio, oficial enviado con plenos poderes por el mando general del Cuerpo de Voluntarios por la Libertad, presenta credenciales impecables y dice que lo han enviado a fusilar a los prisioneros, a todos. Pedro intenta oponerse pidiendo que los prisioneros sean entregados a quien podrá instruir un juicio regular, pero Valerio se atrinchera en su grado, hace que le entreguen la lista de los detenidos y traza junto a cada nombre una cruz negra. Pedro ve que es condenada a muerte también Claretta Petacci, objeta que se trata tan solo de la amante del dictador, pero Valerio contesta que esas son las órdenes del mando milanés.

—Y ahora presta mucha atención a este punto, que aflora clarísimo de las memorias de Pedro, porque en el curso de otras versiones Valerio dirá que la Petacci se abrazó a su hombre, él le dijo que se apartara, ella no obedeció, de modo que murió, digámoslo así, por error, o por exceso de celo. El asunto es que ella ya había sido condenada, pero ni siquiera esta es la cuestión, porque Valerio cada vez cuenta historias distintas y no podemos creerle.

Siguen algunos acontecimientos confusos: informado de la presencia del presunto cónsul español, Valerio lo quiere ver, le habla en español y él no sabe contestar, señal de que muy español no es; Valerio lo abofetea con violencia, lo identifica como Vittorio Mussolini, el hijo del Duce, y le ordena a Bill que lo lleve a la orilla del lago y que lo fusile. Durante el trayecto alguien reconoce en ese hombre a Marcello Petacci, el hermano de Claretta, y Bill lo lleva de vuelta, aunque peor para él: mientras Petacci desvaría sobre servicios prestados a Italia, armas secretas que había descubierto y ocultado a Hitler, Valerio lo pondrá a él también en la lista de los condenados.

Inmediatamente después, Valerio con los suyos llega a la casa de los De Maria, recoge a Mussolini y a Petacci, y los lleva en coche hasta una vereda en Giulino di Mezzegra, donde los obliga a bajar. Parece ser que Mussolini había creído inicialmente que Valerio había ido a liberarlo, y solo entonces entiende qué le espera. Valerio lo empuja contra una verja y le lee la sentencia, intentando (diría después) separarlo de Claretta, que se queda desesperadamente abrazada a su amante. Valerio intenta disparar, su metralleta se encasquilla, le pide otra a Lampredi y le descerraja cinco tiros al condenado. Más tarde dirá que Claretta, de repente, se colocó en la trayectoria de la metralleta y que habría muerto por error. Es el 28 de abril.

—Claro que todo eso lo sabemos por los testimonios de Valerio. Según él, Mussolini acabó como un pingajo humano; según leyendas posteriores, se habría abierto el cuello del gabán gritando apuntad al corazón. Qué sucedió en esa vereda en realidad nadie lo sabe, salvo los ejecutores, también manipulados después por el Partido Comunista.

Valerio vuelve a Dongo y organiza el fusilamiento de todos los demás jerarcas. Barracu pide que no se le fusile por la espalda pero lo empujan contra el grupo; Valerio incluye en la fila también a Marcello Petacci, pero todos los demás condenados protestan porque lo consideran un traidor, a saber qué habría hecho aquel tipo. Decidirán entonces fusilarlo aparte. Cuando los demás ya han caído, Petacci se suelta y huye hacia el lago; lo capturan pero consigue liberarse, se arroja al agua nadando desesperadamente y lo matan con ráfagas de ametralladora y tiros de mosquetón. Más tarde, Pedro, que no ha querido que los suyos participaran en el fusilamiento, hace que pesquen el cadáver y lo pone en el mismo camión en el que Valerio ha cargado los cuerpos de los demás. El camión irá a Giulino para cargar también los cuerpos del Duce y de Claretta. Y luego, hacia Milán, donde el 29 de abril todos son depositados en el piazzale Loreto, justo donde habían sido arrojados los cadáveres de los partisanos fusilados casi un año antes: los soldados fascistas los dejaron expuestos al sol todo el día, impidiendo que los familiares recogieran los restos.

Llegados a ese punto, Braggadocio me tomó por un brazo, apretándomelo tanto que me liberé de un tirón.

—Perdona —dijo—, pero es que voy a llegar al meollo del problema. Presta mucha atención: la última vez que alguien que lo conocía vio en público a Mussolini fue aquella tarde en el arzobispado de Milán. Desde entonces viaja solo con los secuaces más fieles y a partir del momento en que lo recogen los alemanes y luego lo arrestan los partisanos, ninguno de los que tienen trato con él lo habían conocido personalmente, solo lo habían visto en fotografías o en las películas de propaganda; y las fotos de los dos últimos años lo mostraban tan delgado y cansado que se murmuraba, aunque fuera por decir, que ya no era él. Te he hablado de su última entrevista a Cabella, el 20 de abril, que Mussolini relee y firma el 22, ¿te acuerdas? Pues bien, Cabella anota en sus memorias: «Observé inmediatamente que Mussolini estaba en perfecto estado de salud, contrariamente a las voces que corrían. Estaba infinitamente mejor que la última vez que lo había visto. Fue en diciembre de 1944, con ocasión de su discurso en el Teatro Lírico. Las veces anteriores que me había recibido (en febrero, en marzo y en agosto del cuarenta y cuatro) no me había parecido tan lozano como ahora. Su tez se veía sana y bronceada; los ojos eran vivaces y raudos sus movimientos. También había engordado ligeramente. Por lo menos, había desaparecido esa delgadez que tanto me había llamado la atención en febrero del año anterior y que le daba a su rostro un aspecto, casi demacrado, descarnado». Admitamos que Cabella hiciera propaganda y quisiera presentar a un Duce que le habla en la plenitud de sus facultades, pero sígueme ahora, vamos a leer las memorias de Pedro, que cuentan su primer encuentro con el Duce, después de la detención: «Está sentado a la derecha de la puerta, junto a una gran mesa. Si no supiera que es él, tal vez no lo reconocería. Está viejo, demacrado, atemorizado. Mantiene los ojos abiertos casi de par en par, sin conseguir mirar fijamente. Tuerce la cabeza de aquí a allá con extraños movimientos mecánicos, mirando a su alrededor como si tuviera miedo...». Vale, lo acaban de arrestar, es lógico que tenga miedo, pero no había pasado ni una semana de la entrevista, y hasta pocas horas antes estaba convencido de poder cruzar la frontera. ¿Te parece que un hombre puede adelgazar de semejante manera en siete días? Por lo tanto, el hombre que hablaba con Cabella y el que hablaba con Pedro no eran la misma persona. Ten en cuenta que a Mussolini tampoco Valerio lo conocía personalmente, que había ido a fusilar a un mito, a una imagen, al hombre que segaba el trigo y anunciaba la entrada en guerra...

—Lo que me estás diciendo es que había dos Mussolinis...

—Sigamos con la historia. La noticia de la llegada de los cuerpos de los fusilados se difunde por la ciudad y el piazzale Loreto lo invade una muchedumbre entre exultante y enfurecida, que se agolpa de tal manera que pisotea los cadáveres, los desfigura, los insulta, los cubre de escupitajos, de patadas. Una mujer le descerrajó a Mussolini cinco tiros de pistola para vengar a sus cinco hijos caídos en guerra, otra se meó sobre la Petacci. Al final intervino alguien que, para evitar que se cebaran en aquellos muertos, los colgó por los pies del poste de una gasolinera. Y así es como nos los muestran las fotografías de la época, recortadas de los periódicos de entonces; mira, ahí ves el piazzale Loreto y aquí los cuerpos de Mussolini y Claretta, al día siguiente, cuando un pelotón de partisanos retiró los cadáveres y los transportó a la morgue del piazzale Gorini. Mira bien estas fotos, son cuerpos de personas con las facciones destrozadas, primero por las balas, luego por un pisoteo brutal, y además, ¿has visto alguna vez la cara de alguien fotografiado cabeza abajo, con los ojos en lugar de la boca y la boca en lugar de los ojos? La cara se vuelve irreconocible.

—Entonces el hombre del piazzale Loreto, el hombre que mató Valerio, no era Mussolini. Pero Claretta cuando se encontró con él, bien podría haberlo reconocido...

—Sobre la Petacci volveremos después. Ahora déjame elaborar mi hipótesis. Un dictador debería tener un doble, y quién sabe cuántas veces lo usó para algún desfile oficial en el que tenía que pasar erguido en un coche, visto siempre de lejos, para evitar atentados. Ahora imagínate que para permitirle al Duce una fuga sin problemas, desde el momento en que sale hacia Como, Mussolini ya no es Mussolini sino su doble.

—¿Y Mussolini dónde está?

—Calma, ahora llegamos. El doble ha vivido durante años una vida retirada, bien pagado y bien alimentado, y ha sido exhibido solo en ciertas ocasiones. Ya se identifica casi con Mussolini, y se deja convencer para que lo sustituya una vez más porque, se le explica, aunque lo capturaran antes de pasar la frontera, nadie osaría hacerle daño al Duce. Él debería seguir en su papel sin extralimitarse, hasta la llegada de los aliados. Entonces revelará su identidad, y no podrán acusarlo de nada, a lo sumo tendrá que pasarse algunos meses en un campo de concentración. A cambio estará esperándole una buena pasta en un banco suizo.

—¿Y los jerarcas que lo acompañan hasta el final?

—Los jerarcas han aceptado la puesta en escena para permitir la huida de su jefe, y si este alcanza a los aliados intentará salvarlos también a ellos. O puede ser que los más fanáticos piensen hasta el final en una resistencia, y también ellos necesiten una imagen creíble para electrizar a los últimos desesperados dispuestos a batirse. O también, Mussolini, desde el principio, ha viajado en un coche con dos o tres colaboradores de confianza y todos los demás jerarcas los han visto siempre de lejos, con gafas de sol. No lo sé, pero no cambia mucho. Es que la hipótesis del doble es la única que explica por qué el pseudo-Mussolini evita que lo vea su familia en Como. No se podía permitir que el secreto de la sustitución se divulgara a todo el grupo familiar.

—¿Y Claretta Petacci?

—Es la historia más patética; ella se reúne con él pensando que va a encontrarse con él, el verdadero, e inmediatamente la instruyen para que haga como si tomara al doble por el verdadero Mussolini, para que la historia resulte más creíble. Debe resistir hasta la frontera, luego podrá seguir libre.

—¿Y toda la escena final, con ella que se abraza a Mussolini y quiere morir con él?

—Es solo lo que nos ha contado el coronel Valerio. Esbozo una hipótesis: cuando se ve en el paredón, el doble se mea en los pantalones y grita que no es Mussolini. Qué cobarde, se dirá Valerio, lo intenta todo. Y hala a disparar. La Petacci no tenía interés en confirmar que aquel no era su amante, y lo abraza para que la escena resulte más creíble. No se imaginaba que Valerio le dispararía también a ella, pero quién sabe, las mujeres son histéricas por naturaleza, quizá había perdido la cabeza, y Valerio no pudo sino acallar a aquella exaltada con una ráfaga. O si no, considera esta otra posibilidad: Valerio se da cuenta a esas alturas del cambio de persona, pero lo habían mandado para matar a Mussolini; a él, el hombre designado de entre todos los italianos, ¿y tenía que renunciar a la gloria que lo esperaba? Entonces, también él sigue el juego. Si un doble se parece a su modelo vivo, aún más se parecerá muerto. ¿Quién lo desmentiría nunca? El Comité de Liberación necesitaba un cadáver, y lo tendría. Si un día el verdadero Mussolini hubiera aparecido de nuevo, se podría alegar que era él el doble.

—¿Y el verdadero Mussolini?

—Esta es la parte de la hipótesis que todavía tengo que afinar. Tengo que explicar cómo consiguió escapar y quién lo ayudó. Veámoslo a grandes rasgos. Los aliados no quieren que Mussolini sea capturado por los partisanos porque tiene secretos que revelar que podrían ponerles en aprietos, como la correspondencia con Churchill y quién sabe qué fregados más. Esta ya sería una buena razón. Pero, sobre todo, con la liberación de Milán empieza la verdadera guerra fría. No solo los rusos se están acercando a Berlín y ya han conquistado media Europa, sino que la mayor parte de los partisanos son comunistas, están armados hasta los dientes y por lo tanto constituyen para los rusos una quinta columna dispuesta a entregarles también Italia. Por eso los aliados, o por lo menos, los americanos, tienen que preparar una posible resistencia a una revolución filosoviética. Para hacerlo tendrán que usar también a los antiguos fascistas. Bien mirado, ¿acaso no salvaron a los científicos nazis, como Von Braun, llevándoselos a América para preparar la conquista del espacio? Los agentes secretos americanos no se andan con chiquitas. Mussolini, que ya no puede hacerles daño como enemigo, podría revelarse útil mañana como amigo. Así pues, hay que sacarlo a escondidas de Italia y, cómo diría yo, hibernarlo durante algún tiempo en cualquier otro sitio.

—¿Y cómo?

—Pues santo Dios, ¿quién se había prestado para que los acontecimientos no llegaran al extremo? El arzobispo de Milán, que sin duda actuaba por indicación del Vaticano. ¿Y quién ayudó después a un montón de nazis y fascistas a huir a Argentina? El Vaticano. Ahora intenta imaginártelo: a la salida del arzobispado, en el coche de Mussolini hacen que se suba el doble, mientras Mussolini, en otro coche menos vistoso, va al castillo Sforzesco.

—¿Por qué al castillo?

—Porque del arzobispado al castillo, si un coche corta por el Duomo, cruza la piazza Cordusio y toma la via Dante, llega en cinco minutos. Más fácil que ir a Como, ¿no? Y el castillo, aún hoy, está lleno de galerías subterráneas. Algunas se conocen y se usan como vertedero de basura o casi, otras existían al final de la guerra y se convirtieron en refugios antiaéreos. Ahora, muchos documentos nos dicen que en los siglos pasados existían diversos conductos, auténticos túneles que iban del castillo a otros puntos de la ciudad. Se dice que uno de ellos sigue existiendo, lo malo es que no se puede encontrar su acceso a causa de algunos derrumbes, y llevaría del castillo al convento de Santa Maria delle Grazie. Allí esconden a Mussolini algunos días, mientras todos lo buscan por el Norte, y luego hacen trizas al doble en el piazzale Loreto. En cuanto se calman las aguas en Milán, un vehículo con matrícula del Vaticano pasa a recogerlo por la noche. Las carreteras de aquella época son lo que son, pero de rectoría en rectoría, de convento en convento, por fin se llega a Roma. Mussolini desaparece dentro de los muros vaticanos, y te dejo elegir a ti la solución mejor: o se queda allí, disfrazado incluso de viejo monseñor enfermo, o con pasaporte vaticano, como fraile enfermizo, misántropo encapuchado, con una hermosa barba, lo embarcan para Argentina. Y allí se queda esperando.

—¿Esperando qué?

—Eso te lo cuento otro día, hasta aquí llega mi hipótesis.

—Pero para confirmarla, una hipótesis necesita pruebas.

—Pues esas me las voy a agenciar dentro de algunos días, después de acabar de consultar ciertos archivos y periódicos de la época. Mañana es el 25 de abril, fecha fatídica. Me veré con alguien que sabe mucho de aquellos días. Conseguiré demostrar que el cadáver del piazzale Loreto no era el de Mussolini.

—¿Pero no tenías que escribir el reportaje sobre los antiguos burdeles?

—Lo de los burdeles me lo sé de memoria, lo escribo el domingo por la noche en una hora. Bueno, gracias por haberme escuchado, es que tenía que hablarlo con alguien.

Dejó de nuevo que pagara yo la cuenta, y en el fondo, se lo merecía. Salimos, miró a su alrededor, y se fue caminando pegado a las paredes, como si temiera que lo siguieran.

X

Domingo, 3 de mayo

Braggadocio estaba loco. Pero aún tenía que contarme lo mejor y me convenía esperar. Su historia quizá fuera inventada pero era novelesca. Veríamos.

Ahora bien, locura por locura, no me había olvidado del pretendido autismo de Maia. Yo me decía que quería estudiar mejor su psicología, pero ahora sé que quería algo distinto. Aquella tarde la acompañé a casa y no me detuve en el portal, sino que crucé con ella el patio. Debajo de un tejadillo había un Fiat 500 rojo, bastante destartalado.

—Es mi Jaguar —dijo Maia—. Tendrá casi veinte años pero todavía anda; basta hacerle una revisión una vez al año, y en este barrio hay un mecánico que aún tiene piezas de recambio. Si quisiera arreglarlo bien del todo, haría falta un montón de pasta, y claro, se convierte en lo que llaman un coche antiguo y se vende a precios de coleccionista. Yo lo uso solo para ir al lago de Orta. Tú no lo sabes, pero soy una heredera. Mi abuela me dejó una casita, allá arriba en las colinas, poco más que una cabaña. Si la vendiera no me darían mucho, pero yo la he ido amueblando poco a poco, tiene chimenea, una televisión todavía en blanco y negro, y desde la ventana se ven el lago y la isla de San Giulio. Es mi *buen retiro*, paso allí casi todos los fines de semana. Ahora que caigo, ¿quieres ir conmigo este domingo? Salimos temprano, te preparo una buena comida, no cocino nada mal, y para la hora de cenar estamos de nuevo en Milán.

El domingo por la mañana, mientras íbamos en coche, Maia, que conducía, observó de repente:

—¿Has visto? Ahora se cae a pedazos, pero todavía hace pocos años era de un color rojo ladrillo bellísimo.

—¿El qué?

—Pues la casa de peón caminero, acabamos de dejarla a la izquierda.

—Acabáramos: si estaba a la izquierda la veías solo tú, yo desde aquí veo solo lo que está a mi derecha. En este ataúd para recién nacidos, debería pasar por encima de ti y sacar la cabeza por la ventanilla para ver lo que queda a tu izquierda. Qué caracoles, ¿te das cuenta de que yo no podía verla, la casa?

—Si tú lo dices —dijo, como si yo fuera un original.

Entonces tuve que hacerle entender cuál era su defecto.

—Ah, bueno —contestó riéndose—, es que ya te siento como mi lord protector y como te tengo confianza pienso que tú piensas siempre lo que yo pienso.

Me dejó azorado. No quería en absoluto que pensara que yo pensaba lo que ella pensaba. Era algo demasiado íntimo.

Y al mismo tiempo sentí una especie de arrebato de ternura. Sentía a Maia indefensa, hasta el punto de que se refugiaba en un mundo interior propio, sin querer ver lo que sucedía en el de los demás, que tal vez la había herido. Pero, si así era, era a mí a quien daba su confianza y, no pudiendo o tal vez no queriendo entrar en mi mundo, fantaseaba con que yo podía entrar en el suyo.

Estaba algo cohibido cuando entramos en la casita. Graciosa aunque espartana. Era mayo inmaduro y allá arriba aún hacía fresco. Maia se puso a encender la chimenea y luego, en cuanto se avivó el fuego, se levantó y me miró feliz, con la cara todavía arrebolada por las primeras llamas.

—Estoy... contenta —dijo, y su contento me conquistó.

—Estoy... contento yo también —dije. Luego la tomé por los hombros y, casi sin darme cuenta, la besé y la sentí estrecharse contra mí, grácil como un pajarillo. Pues Braggadocio se equivocaba: tenía pecho y sentía sus senos, pequeños pero firmes. El Cantar de los Cantares: como dos blancos cabritillos.

—Estoy contenta —repitió.

Intenté la última resistencia:

—¿No sabes que podría ser tu padre?

—Qué buen incesto —dijo.

Se sentó en la cama y con un golpe de punta y tacón arrojó los zapatos al aire. Quizá tenía razón Braggadocio, estaba loca, pero ese gesto me obligó a rendirme.

Nos saltamos la comida. Nos quedamos en su cubil hasta la noche, y ni siquiera se nos ocurrió volver a Milán. Estaba atrapado. Me parecía que tenía veinte años, o digamos que solo treinta, como ella.

—Maia —le dije a la mañana siguiente en el camino de vuelta—, tenemos que quedarnos a trabajar con Simei hasta que haya reunido un poco de dinero, luego te saco de esa gusanera. Pero resiste un poco más. Después veremos, quizá vayamos a las islas del Sur.

—No me lo creo, pero me gusta pensar en ello, Tusitala. Por ahora, si estás cerca, soporto incluso a Simei y le hago los horóscopos.

XI

Viernes, 8 de mayo

La mañana del 5 de mayo Simei parecía excitado.

—Tengo un encargo para uno de ustedes, pongamos Palatino, que de momento está libre. Habrán leído en los últimos meses —o sea, que la noticia era fresca en febrero— que un magistrado de Rímini abrió una investigación sobre la gestión de algunos asilos para ancianos. Argumento para una noticia de primera página, tras el caso del Pio Albergo Trivulzio. Ninguna de estas residencias pertenece a nuestro editor, pero sabrán que posee otros asilos, siempre en la costa adriática. No me sorprendería nada que en algún momento este magistrado de Rímini metiera las narices también en los negocios del *Commendatore*. A nuestro editor, por lo tanto, le hará gracia ver cómo se puede arrojar una sombra de sospecha sobre un juez metomentodo. Tengan en cuenta que hoy en día, para rebatir una acusación, no es necesario probar lo contrario, basta deslegitimar al acusador. Así pues, aquí están el nombre y el apellido del tipo, y Palatino se va unos días a Rímini, con una grabadora y una cámara fotográfica. Siga usted a ese siervo intachable del Estado, nadie es nunca integérrimo al cien por cien, a lo mejor no es un pedófilo, no ha asesinado a su abuela, no se ha embolsado sobres, pero algo raro habrá hecho. O si no, si me permiten la expresión, «extrañamos» lo que hace todos los días. Palatino, use su imaginación. ¿Entendido?

Tres días después Palatino volvió con noticias la mar de jugosas. Había fotografiado al magistrado mientras, sentado en el banco de un parque, fumaba nerviosamente un cigarrillo tras otro, con una docena de colillas a sus pies. Palatino no sabía si el tema podía ser interesante, pero Simei dijo que sí, un hombre de quien se espera ponderación y objetividad daba la impresión de ser un neurótico, y además ocioso: en lugar de sudar tinta china sobre los documentos, iba a perder el tiempo en los parques. Palatino también le había sacado fotos a través de una ventana mientras comía en un restaurante chino. Con palillos.

—Espléndido —dijo Simei—, nuestro lector no va a restaurantes chinos, quizá donde vive no los hay, y jamás soñaría con comer con palillos como un salvaje. ¿Por qué este individuo frecuenta ambientes chinos, se preguntará el lector? ¿Por qué, si es un magistrado serio, no come fideos o espaguetis como todo el mundo?

—Si solo fuera eso —añadió Palatino—, llevaba también

calcetines de color, digamos, esmeralda, o verde guisante, y zapatillas de tenis.

—*El purtava i scarp del tennis!* —entonó Simei, dialectalmente jubiloso—. ¡Y calcetines esmeralda! Este o es un dandi, o un hippy, como se decía antes. Poco nos falta para imaginarnos que se fuma también sus buenos porros. Pero esto no hay que decirlo, tiene que deducirlo el lector. Trabaje con estos elementos, Palatino, haga que salga un retrato lleno de matices oscuros, y el hombre queda compuesto como Dios manda. De una no noticia hemos sacado una noticia. Y sin mentir. Creo que el *Commendatore* va a estar muy contento con usted. Y con todos nosotros, obviamente.

—Un periódico serio tiene que tener *dossiers* —intervino Lucidi.

—¿En qué sentido? —preguntó Simei.

—Pues como se hace con los obituarios. Un periódico no puede entrar en crisis porque a las diez de la noche llega la noticia de una muerte importante y nadie es capaz de hacer en media hora un obituario informado: se preparan decenas y decenas por adelantado, de este modo cuando uno se muere de repente, ya lo tienes hecho, solo tienes que poner al día la hora de la muerte.

—Pero nosotros no debemos hacer nuestros números cero de un día para otro. Si hacemos uno con una fecha, basta ir a ver en los periódicos de ese día y el obituario lo tenemos ya hecho —dije.

—Y además lo pondríamos solo si se trata, qué sé yo, de la muerte de un ministro o de un gran empresario —glosó Simei—, no de un poetastro menor de quien nuestros lectores nunca han oído hablar. Eso sirve para ocupar las páginas culturales de los grandes periódicos, que tienen que sacar cada día noticias y comentarios ociosos.

—Insisto —dijo Lucidi—, lo de los obituarios era un ejemplo, pero los dosieres son importantes, para tener todas las indiscreciones que sirven para varios tipos de artículo sobre un determinado personaje. Así nos ahorramos tener que ir a investigar deprisa y corriendo.

—Entiendo —dijo Simei—, pero son lujos de gran periódico. Un dosier implica una caterva de investigaciones, y yo no puedo poner a ninguno de ustedes a compilar dosieres todo el santo día.

—En absoluto —sonrió Lucidi—. La compilación de un dosier puede hacerla incluso un estudiante universitario a quien se le dan cuatro perras para que se pasee por las hemerotecas. ¿No irá usted a pensar que los informes, no digo ya de los periódicos, sino incluso los de los servicios secretos, contienen noticias inéditas? Ni siquiera los servicios de inteligencia pueden derrochar su tiempo de ese modo. Un dosier contiene recortes de prensa, artículos de periódicos donde se dice lo que todos saben. Salvo que no lo sabía el ministro o el líder de la oposición a quien va destinado, que nunca ha tenido tiempo de leer los periódicos, y lo toma como secreto de Estado. Los informes contienen noticias desperdigadas que luego la persona interesada tiene que elaborar, de modo que afloren sospechas, alusiones. Un recorte dice que Fulanito ha sido multado hace años por exceso de velocidad, otro que el mes pasado visitó una acampada de *boy scouts*, otro más que ayer se le vio en una discoteca. Se puede empezar perfectamente por ahí para sugerir que se trata de un temerario que se salta las normas de la circulación para ir a lugares donde se bebe, y que es probable, digo probable pero es evidente, que le gusten los jovencitos. Lo bastante para desacreditarlo. Y diciendo solo la pura verdad. Además, la fuerza de un dosier es que ni siquiera sirve enseñarlo: basta con hacer circular la voz de que existe y de que contiene noticias —digamos— interesantes. Fulanito se entera de que tienes noticias sobre él, no sabe cuáles, pero todos tienen algún esqueleto en el armario, y ya ha caído en la trampa: en cuanto le pidas algo, se avendrá a ser razonable.

—Este tema de los dosieres me gusta —observó Simei—. A nuestro editor le encantaría poseer instrumentos que le permitieran mantener a raya a personas que no lo aprecian, o que él no aprecia. Colonna, sea amable, redacte una lista de personas con las que nuestro editor puede eventualmente relacionarse, encuentre un universitario repetidor y sin blanca, y hágale que prepare una decena de dosieres, de momento bastarán. Me parece una iniciativa excelente, y muy barata.

—Es lo que se hace en política —concluyó Lucidi con aires de uno que sabe cómo funciona el mundo.

—Y señorita Fresia —sonrió cáustico Simei—, no ponga esa cara de escandalizada. ¿Cree que sus revistas rosa no tienen dosieres? Quizá a usted la hayan mandado a sacarles fotos a dos actores, o a una azafata de la tele con un futbolista que aceptan tomarse de la mano, pero para conseguir que estuvieran ahí sin rechistar su director les habrá informado de que así podían evitar la divulgación de noticias más íntimas, vaya a usted a saber, quizá que la jovenzuela fue sorprendida años antes en una casa de citas.

Mirando a Maia, Lucidi, que quizá tenía corazón, decidió cambiar de tema.

—Hoy había venido con otras noticias, naturalmente sacadas de mis dosieres personales. El 5 de junio de 1990, el marqués Alessandro Gerini deja un gran patrimonio a la Fundación Gerini, entidad eclesiástica bajo el control de la Congregación Salesiana. Hoy en día todavía no se sabe dónde ha ido a parar ese dinero. Alguien insinúa que los salesianos lo recibieron pero hacen como si nada por temas fiscales. Es más verosímil que todavía no lo hayan recibido y se murmura que la cesión depende de un mediador misterioso, tal vez un abogado, que pretendería una comisión que tiene toda la pinta de ser un auténtico soborno. Pero otras voces dicen que los que favorecen esta operación serían ciertos vínculos internos de los salesianos, por lo que nos encontraríamos ante un reparto ilegal del botín. De momento se trata solo de murmuraciones, pero bien podría intentar yo hacer que hable alguien más.

—Busque, busque —dijo Simei—, pero no cree conflictos con los salesianos y con el Vaticano. Si acaso, el artículo se titulará «Los salesianos víctimas de un engaño», con signos de interrogación. Así con ellos no creamos incidentes.

—¿Y si pusiéramos ¿«Los salesianos en el ojo del huracán»? —preguntó Cambria, inoportuno como de costumbre.

—Creía haber sido claro —intervine con severidad—. En el ojo del huracán quiere decir, para nuestros lectores, en medio de problemas, y uno puede haberse metido en problemas también por culpa suya.

—En efecto —dijo Simei—. Limitémonos a difundir sospechas generalizadas. Aquí hay alguien que intenta sacar tajada y, aunque no sepamos quién es, sin duda le meteremos miedo. Eso nos basta. Luego pasaremos por caja, o sea, pasará por caja nuestro editor, cuando llegue el momento. Muy bien, Lucidi, siga con este asunto. Máximo respeto hacia los salesianos, por favor, pero que se pongan un poco nerviosos también ellos, que no les sentará mal.

—Perdone —preguntó tímidamente Maia—, pero nuestro editor ¿aprueba o aprobará esta política de «dosierización», llamémosla así, y de insinuación? Lo pregunto por saber.

—Nosotros no tenemos que rendir cuentas al editor de nuestras elecciones periodísticas —reaccionó con desdén Simei—. El *Commendatore* jamás ha intentado influir en mí de ninguna manera. Venga, a trabajar.

Aquel día tuve también una conversación privada con Simei. No me había olvidado, desde luego, de las razones por las que estaba allí, y ya había esbozado el borrador de algunos capítulos del libro *Domani: ieri*. En general hablaba de las reuniones de redacción que habíamos tenido, pero invirtiendo los papeles, esto es, mostrando un Simei dispuesto a arrostrar con cualquier denuncia, aunque los colaboradores le aconsejaran prudencia. Pensaba incluso añadir un ultimísimo capítulo en el que un alto prelado cercano a los salesianos (¿el cardenal Bertone?) le hacía una llamada meliflua invitándolo a que no se ocupara de las desgraciadas vicisitudes del marqués Gerini. Por no hablar de otras llamadas, que lo habían avisado amigablemente de que no era bueno arrojar fango sobre el Pio Albergo Trivulzio. Pero Simei había contestado como Humphrey Bogart en aquella película, ¡es la prensa, encanto, y no puedes hacer nada!

—Magnífico —comentó Simei muy excitado—, usted es un colaborador imprescindible, Colonna, sigamos en este tono.

Naturalmente me sentí más humillado que Maia, que tenía que hacer horóscopos, pero de momento esa era la papeleta que me había tocado y no me quedaba más remedio que esperar a la rifa. Pensando, enre otras cosas, en los mares del Sur, se encontraran donde se encontraran. Aunque estuvieran a doscientos kilómetros de aquí, que para un perdedor va que chuta.

XII

Lunes, 11 de mayo

El lunes siguiente Simei nos convocó.

—Costanza —dijo—, en su reportaje sobre las fulanas usa expresiones como cachondeo, cabreo, tocarse las pelotas e incluso describe a una puta que manda a tomar por culo.

—Es que es así —protestó Costanza—. Ahora todos usan palabrotas también en la tele y dicen coño hasta las señoras.

—Lo que hace la alta sociedad no nos interesa. Nosotros tenemos que pensar en lectores que todavía les tienen miedo a las palabrotas. Usar circunloquios ¿Colonna?

—Se puede perfectamente decir desbarajuste, enfado, holgazanear, váyase usted a paseo —intervine.

—Quién sabe qué hacen mientras pasean —se rió Braggadocio.

—Lo que hagan mientras pasean, no es cosa nuestra —replicó Simei.

Luego nos ocupamos de otros temas. Una hora después, acabada la reunión, Maia nos llevó aparte a Braggadocio y a mí.

—Yo ya no intervengo más porque me equivoco siempre, pero estaría bien publicar un prontuario sustitutivo.

—¿Sustitutivo de qué? —preguntó Braggadocio.

—Pues de las palabrotas de las que hablábamos.

—¡Pero si lo hemos hablado hace más de una hora! —se exasperó Braggadocio, mirándome como para decirme: «Ya lo ves, esta siempre hace lo mismo».

—Déjalo estar —le dije en tono conciliador—, si ella ha seguido pensando en eso... Vamos, Maia, revélanos tu recóndito pensamiento.

—O sea, estaría bien sugerir que en lugar de decir «coño» cada vez que se quiere expresar sorpresa o contrariedad, debería decirse: «¡Oh, parte externa del aparato genital de la hembra, me han robado la cartera!».

—Usted está loca de atar —reaccionó Braggadocio—. ¿Colonna, podrías venir a mi mesa, que te quiero enseñar una cosa?

Me aparté con Braggadocio, guiñándole el ojo a Maia, cuyos autismos, si lo eran, me cautivaban cada vez más.

Habían salido todos, estaba oscureciendo, y a la luz de una lámpara de mesa, Braggadocio desplegaba una serie de fotocopias.

—Colonna —empezó, poniendo los brazos alrededor de sus cartapacios como si quisiera sustraerlos a la vista de todos los demás—, mira estos documentos que he encontrado en un archivo. Al día siguiente a la exposición en el piazzale Loreto, el cuerpo de Mussolini es transferido al instituto de medicina forense de la universidad, para la autopsia. Y aquí está el informe del médico. Toma, lee: «Instituto de Medicina Legal y de las Aseguradoras de la Real Universidad de Milán, profesor Mario Cattabeni, acta de la autopsia n. 7241 efectuada el 30 de abril de 1945 sobre el cadáver de Benito Mussolini, fallecido el 28 de abril de 1945. El cuerpo está preparado sobre la mesa de disección, desnudo. Pesa 72 kg. La estatura no puede medirse sino por aproximación en 1,66 m, dada la conspicua transformación traumática de la cabeza. El rostro está desfigurado por lesiones complejas de arma de fuego y contusiones que hacen que los rasgos fisonómicos resulten prácticamente irreconocibles. No se efectúan medidas antropométricas de la cabeza porque está deformada por fractura conminuta del esqueleto cráneo-facial…». Saltemos: «Cabeza: presenta deformación por destrucción esquelética completa, con profunda depresión de toda la región parieto-occipital izquierda y aplastamiento de la región orbital del mismo lado, donde el globo ocular se presenta hundido y lacerado con evacuación completa del humor vítreo; el tejido celular adiposo de la órbita, ampliamente descubierto por una extensa laceración, no está infiltrado con sangre. En la región frontal mediana y en la parieto-frontal izquierda, se aprecian dos vastas soluciones de continuidad lineales del cuero cabelludo, con márgenes lacerados, que miden casi seis centímetros cada una, y dejan al descubierto la bóveda craneal. En la región occipital, a la derecha de la línea mediana, se aprecian dos orificios cercanos, con márgenes evaginados, irregulares, de un diámetro máximo de casi dos centímetros, de los que aflora una papilla de sustancia cerebral sin aspecto de infiltración hemática». ¿Te das cuenta? ¡Papilla de sustancia cerebral!

Braggadocio casi sudaba, las manos le temblaban, el labio inferior se le había perlado de gotitas de saliva, era la expresión de un glotón excitado que olisqueara fritura de sesos o un buen plato de callos, un gulasch. Y seguía.

—«En la nuca, poco alejado de la derecha de la línea mediana, amplio orificio lacerado de un diámetro de casi tres centímetros, con márgenes evaginados no infiltrados de sangre. En la región temporal derecha, dos orificios cercanos, redondeados, con márgenes levemente lacerados no infiltrados de sangre. En la región temporal izquierda, amplio orificio lacerado con márgenes evaginados de los que aflora papilla de sustancia cerebral. Amplio orificio de salida en la cuenca del pabellón auricular izquierdo: también estas dos lesiones tienen aspecto típico de lesiones post mórtem. En la raíz de la nariz, pequeño orificio lacerado con fragmentos óseos conminutos evaginados, moderadamente infiltrados de sangre. En la mejilla derecha, un grupo de tres orificios seguidos por un canal dirigido en profundidad hacia atrás, con ligera oblicuidad hacia atrás, con leve oblicuidad hacia arriba, con márgenes infundibulares, hacia dentro, no infiltrados de sangre. Fractura conminuta del maxilar superior con vastas laceraciones de las partes blandas y esqueléticas de la bóveda palatina con carácter de lesión post mórtem.» Salto, porque son anotaciones sobre la posición de las heridas y no nos interesa cómo y dónde lo hirieron, nos basta saber que le dispararon. «La teca craneal presenta una fractura conminuta delimitada por numerosos fragmentos móviles retirados, a través de la misma se puede acceder directamente a la cavidad endocranial. Es normal el espesor de la calota ósea. La paquimeninge se presenta flácida con amplias laceraciones en la mitad anterior: no hay restos de derrame hemorrágico epi o hipodural. La extracción del encéfalo no puede efectuarse completamente porque el cerebelo, el puente, el mesencéfalo y una parte inferior de los lóbulos cerebrales están reducidos a una papilla sin rastros de infiltración hemorrágica…»

Repetía cada vez el término «papilla» del que abusaba el profesor Cattabeni —impresionado sin duda por el picadillo en que se había convertido aquel cadáver— y lo repetía con una suerte de voluptuosidad, enfatizando las pes y alargando la i. Me recordaba al Dario Fo de *Misterio Bufo*, cuando hace de campesino que se imagina que se está saciando con una comida con la que siempre ha soñado.

—Sigamos. «Han quedado enteras únicamente la mayor parte de las convexidades hemisféricas, el cuerpo calloso y parte de la base del encéfalo: las arterias de la base encefálica pueden localizarse en parte entre los fragmentos móviles de la fractura conminuta de toda la base del cráneo y en parte unidas a la masa encefálica: los troncos así localizados, entre ellos las arterias cerebrales anteriores, se presentan con paredes sanas...» ¿Y a ti te parece que un médico, que por lo demás estaba convencido de que tenía delante el cuerpo del Duce, estaba en condiciones de entender quién era ese amasijo de carne y huesos aplastados? ¿Y cómo podía trabajar con serenidad en una sala donde (así escribieron) entraba y salía gente, periodistas, partisanos, curiosos calenturientos?, ¿donde, según otros testimonios, había vísceras abandonadas en una esquina de la mesa, y dos enfermeros jugaban al ping-pong con esa casquería, arrojándose trozos de hígado o de pulmón?

Mientras hablaba, Braggadocio parecía un gato que hubiera saltado furtivo sobre el mostrador de un carnicero: si hubiera tenido bigotes habrían estado erizados y vibrátiles...

—Y si sigues leyendo verás que en el estómago no se encontraron rastros de úlcera, y todos sabemos que Mussolini tenía esa dolencia, ni se habla de rastros de sífilis, y aun así era una opinión general que el difunto era un sifilítico en estadio avanzado. Fíjate también que Georg Zachariae, el médico alemán que curó al Duce en Salò, había testificado hacía poco que su paciente tenía la presión baja, anemia, hígado engrosado, calambres de estómago, intestinos entumecidos y estreñimiento agudo. Y, en cambio, según la autopsia, todo estaba bien, hígado con volumen y aspecto normales tanto en la superficie como en disección, vías biliares sanas, riñones y suprarrenales indemnes, vías urinarias y genitales normales. Nota final. «El encéfalo, extirpado en sus partes residuales, ha sido conservado en formol para un sucesivo examen anatómico e histopatológico; un fragmento de corteza ha sido concedido, a petición de la Oficina de Sanidad del Mando del V Ejército (Calvin S. Drayer), al doctor Winfred H. Overholser del Hospital Psiquiátrico de Santa Isabel en Washington.» Corto y cierro.

Leía y saboreaba cada línea como si estuviera ante el cadáver, como si lo tocara, como si estuviera en la taberna Moriggi y, en lugar de un codillo de cerdo con chucrut, babeara sobre esa región orbital donde el globo ocular se presentaba hundido y lacerado con salida completa del humor vítreo, y como si saboreara puente, mesencéfalo, parte inferior de los lóbulos cerebrales, como si lo exaltara ese afloramiento de sustancia cerebral casi licuada.

Estaba disgustado pero, no puedo negarlo, fascinado, por él y por ese cuerpo martirizado sobre el cual exultaba, tal como en las novelas decimonónicas uno quedaba hipnotizado por la mirada de una serpiente. Para acabar con su exaltación, comenté:

—Es la autopsia de quién sabe quién.

—Exacto. Lo ves como mi hipótesis era correcta: el cuerpo de Mussolini no era de Mussolini, y en cualquier caso nadie podía jurar que fuera el suyo. Ahora me quedo tranquilo sobre lo que pasó entre el 25 y el 30 de abril.

Aquella noche sentí la necesidad de purificarme al lado de Maia. Y para alejar su imagen de las que había visto en la redacción, decidí contarle la verdad, es decir, que *Domani* nunca saldría.

—Mejor así —dijo Maia—, dejaré de preocuparme por mi porvenir. Resistamos algunos meses, ganémonos ese poco dinero, maldito y fácil, y luego a los mares del Sur.

XIII

Finales de mayo

Mi vida seguía ya dos senderos. De día, la vida humillante de la redacción; de noche, el pisito de Maia, a veces el mío. Los sábados y los domingos en Orta. La noches nos compensaban, a ambos, de las jornadas pasadas con Simei. Maia había renunciado a hacer propuestas que serían rechazadas, y se limitaba a hacerlas conmigo, como diversión, o como consuelo.

Una noche me enseñó un opúsculo de anuncios matrimoniales.

—Mira qué hermosura —me dijo—; pero me gustaría publicarlos con su correspondiente interpretación.

—¿En qué sentido?

—Escucha: «Hola, soy Samantha, tengo veintinueve años, estudios superiores, ama de casa, estoy separada, sin hijos, busco hombre de buen ver, pero sobre todo sociable y alegre». Interpretación: Rozo los treinta y, después de haberme dejado plantada mi marido, con ese bachillerato técnico en contabilidad que logré sacarme con esfuerzo, no he encontrado trabajo, y ahora estoy metida en casa todo el día mirando a las musarañas (ni siquiera tengo niños que cuidar); busco un hombre aunque no sea guapo, con tal de que no me tumbe a hostias como ese desgraciado con el que me casé. O este otro: «Carolina, treinta y tres años, soltera, con carrera, empresaria, sofisticada, morena, esbelta, segura de mí misma y sincera, me apasionan los deportes, el cine, el teatro, los viajes, la lectura, el baile, receptiva a posibles nuevos intereses, quiere conocer a hombre dotado de encanto y personalidad, culto y con buena posición: profesional, funcionario o militar; máximo sesenta, finalidad matrimonio». Interpretación: A mis treinta y tres años todavía no he encontrado un tío que me tire los tejos, quizá porque estoy seca como una anchoa y no consigo que me siente bien el tinte rubio pero intento no pensar en ello; logré licenciarme a duras penas en Filosofía y Letras, pero como se me cargaron siempre en las oposiciones monté un tallercito donde trabajan en negro tres albaneses y confeccionamos calcetines para los mercadillos de pueblo; no sé muy bien qué me gusta: veo un poco de tele, voy al cine o al teatro de la parroquia con una amiga, leo el periódico sobre todo por los anuncios matrimoniales, me gustaría ir a bailar pero nadie me lleva, y con tal de encontrar algo que se parezca a un marido estoy dispuesta a apasionarme por cualquier cosa, a condición de que tenga un poco de dinero y yo pueda dejar lo de los calcetines y los albaneses; me lo quedo incluso viejo, mejor sería que fuera un asesor fiscal, pero acepto también a un empleado del catastro o a un brigada de carabineros. Otro: «Patricia, cuarenta y dos años, soltera, comerciante, morena, esbelta, dulce y sensible, desea conocer a un hombre leal, bueno y sincero, no importa el estado civil con tal de que esté motivado». Interpretación: Qué caray, con cuarenta y dos años (y no me digáis que si me llamo Patricia debería tener casi cincuenta como todas las Patricias) no he conseguido que nadie se case conmigo y salgo adelante con la mercería que me dejó mi madre que en paz descanse, soy un poco anoréxica y fundamentalmente neurótica; ¿hay por ahí un hombre que quiera acostarse conmigo? No me importa que esté casado con tal de que no le falten las ganas. También: «Quiero creer que todavía existe una mujer capaz de amar de verdad, soy soltero, empleado de banco, veintinueve, creo que soy bien parecido y tengo un carácter muy dinámico, busco a una chica guapa, seria y culta que sepa cautivarme para una espléndida historia de amor». Interpretación: No consigo comerme una rosca, las pocas tías que me he ligado eran unas bordes y solo querían que me casara con ellas, imagínate si logro mantenerlas con la miseria que gano; luego me dicen que tengo un carácter vivaz porque las mando a tomar por saco; entonces, puesto que no soy un adefesio, ¿no habrá por ahí una buenorra que por lo menos no diga «hicistes», y a quien le apetezca echar un polvo a gusto sin pretender demasiado? He encontrado también un anuncio no matrimonial fabuloso: «Asociación teatral busca actores, comparsas, maquilladora, director, costurera para la próxima temporada». ¿El público, al menos, lo ponen ellos?

De verdad, Maia estaba desaprovechada en *Domani*.

—No querrás que Simei te publique eso... A lo sumo le irán bien los anuncios, ¡no tus interpretaciones!

—Lo sé, lo sé, pero no está prohibido soñar.

Luego, antes de dormirse, me dijo:

—Tú que lo sabes todo, ¿sabes por qué se dice armar la trapisonda o ahí está el busilis?

—No, no lo sé, ¿te parece que son cosas que se preguntan a las doce de la noche?

—Pues yo sí que lo sé, o mejor dicho, lo leí el otro día. Mira, armar la trapisonda, en el sentido de armar jaleo, deriva del nombre del Imperio de Trapisonda o Trebisonda, que estaba en Asia Menor; los libros de caballerías lo mencionaban a menudo, por lo visto, y gracias a ello y a su aparente relación con trapaza, o con trápala, tomó ese significado. Y fíjate que otro significado de trapisonda es una agitación del mar, una serie de olas pequeñas que se entrecruzan y producen un ruido que se oye a mucha distancia. Una trapatiesta marina, vamos. Y lo del busilis, pues parece ser que a un fraile poco enterado, al examinarlo de latinidad, le tocó un capítulo del Evangelio de los que empiezan por *In diebus illis* y dijo: «Indie son las Indias, pero el busilis no se me alcanza qué pueda significar», y de ahí pasó a indicar el intríngulis, obvio.

—En qué manos he caído. Con estas curiosidades, ¿cómo has podido ocuparte durante años y años de afectuosas amistades?

—Por dinero, el maldito dinero. Pasa cuando una es una fracasada. —Se estrechó aún más fuerte contra mí—. Pero ahora me siento menos fracasada que antes porque te he ganado en el bingo.

¿Qué hay que hacer con una chalada como ella, como no sea volver a hacer el amor? Y al hacerlo casi me sentía un ganador.

La noche del 23 no vimos la televisión y solo al día siguiente leímos en los periódicos lo del atentado al juez Falcone. Nos quedamos consternados, y también los demás, a la mañana siguiente en la redacción, estaban moderadamente turbados.

Costanza le preguntó a Simei si no deberíamos hacer un número sobre ese suceso.

—Pensémonoslo —dijo dudando Simei—. Si hablamos de la muerte de Falcone, tenemos que hablar de la mafia, quejarnos de la insuficiencia de las fuerzas del orden, y cosas por el estilo. Nos enemistamos de un golpe con la policía, con los carabineros, con la Cosa Nostra. No sé si todo eso puede gustarle al *Commendatore*. Cuando hagamos un periódico verdadero, si salta por los aires un magistrado, tendremos que hablar de ello a la fuerza y nos tocará aventurar hipótesis que pocos días después podrán ser desmentidas. Un riesgo que un periódico verdadero tiene que correr, pero ¿por qué nosotros? Normalmente, también para un periódico de verdad, la solución más prudente suele ser decantarse por lo sentimental, ir a entrevistar a los parientes. Si se fijan ustedes, es lo que hacen las televisiones cuando llaman a la puerta de la madre cuyo hijo de diez años ha sido disuelto en ácido: señora, ¿qué ha sentido con la muerte de su hijo? A la gente se le humedecen los ojos y se quedan todos tan contentos. Hay una buena palabra alemana para eso, *Schadenfreude*, regodearse de la mala suerte ajena. Es este el sentimiento que un periódico tiene que respetar y alimentar. Pero, por ahora, no estamos obligados a ocuparnos de estas miserias, y la indignación hay que dejársela a los periódicos de izquierdas, que están especializados en eso. Además, no es una noticia tan espectacular. Ya han matado a otros jueces y matarán a otros. Seguiremos teniendo buenas ocasiones. De momento, aparquemos este tema.

Eliminado Falcone por segunda vez, nos dedicamos a temas más serios.

Más tarde, Braggadocio se me acercó y me dio con el codo.

—¿Has visto? Te habrás dado cuenta de que también este asunto confirma mi historia.

—¿Pero qué demonios tiene que ver?

—Qué demonios todavía no lo sé, pero tendrá que ver. Todo tiene que ver siempre con todo, con tal de saber leer los posos del café. Solo necesito un poco de tiempo.

XIV

Miércoles, 27 de mayo

Una mañana, al despertarse, Maia dijo:

—Es que ese tío me cae bastante mal.

Ya estaba preparado para el juego de sus sinapsis.

—Hablas de Braggadocio —dije.

—Pues claro, ¿de quién si no? —Luego, casi recapacitando—: Y tú, ¿cómo lo has entendido?

—Monada, como diría Simei, nuestros conocidos en común son seis, he pensado quién era el más maleducado contigo, y he deducido que era Braggadocio.

—Pero habría podido pensar en, qué sé yo, el presidente Cossiga.

—Pero no, pensabas en Braggadocio. Venga, por una vez que te pillo al vuelo, ¿por qué intentas complicarlo?

—¿Ves como empiezas a pensar lo que pienso yo?

Maldición, tenía razón.

—Maricones —dijo aquella mañana Simei durante la reunión cotidiana—. Los maricones son un argumento que siempre atrae.

—Ya no se dice marica —aventuró Maia—. Se dice gay. ¿O no?

—Lo sé, lo sé, monada —reaccionó Simei con fastidio—, pero nuestros lectores siguen diciendo maricón, o al menos lo piensan, porque les da repelús pronunciar esta palabra. Ya lo sé que ya no se dice negro sino persona de color, que ya no se dice ciego sino discapacitado sensorial. Pero un negro sigue siendo negro y un discapacitado sensorial no ve un pijo, el pobre. Yo no tengo nada contra los maricones, es como con los negros, me la sudan con tal de que se queden en su casa.

—Y entonces, ¿por qué tenemos que ocuparnos de los gais, si a nuestros lectores les da repelús?

—No estoy pensando en los maricones en general, monada, yo abogo por la libertad, cada uno que haga lo que quiera. Pero los hay en política, en el Parlamento, incluso en el gobierno. La gente piensa que son maricas solo los escritores y los bailarines, mientras que algunos de ellos nos están mandando sin que nos demos cuenta. Son una mafia y se ayudan entre ellos. Y a eso nuestros lectores pueden ser sensibles.

Maia no cejó.

—Pero las cosas están cambiando; quizá dentro de diez años un gay podrá decir que es gay sin que nadie se inmute.

—Dentro de diez años que pase lo que tenga que pasar,

ya sabemos todos que las costumbres degeneran. Pero ahora nuestro lector es sensible al argumento. Lucidi, usted que tiene tantas fuentes interesantes, ¿qué podría decirnos de los maricones en política? Pero cuidado, sin dar nombres, no queremos ir a parar a los tribunales, se trata de mover la idea, el fantasma, dar un escalofrío, una sensación de desazón.

—Si quiere, podría darle muchos nombres —dijo Lucidi—. Si de lo que se trata, en cambio, es de dar, como usted dice, un escalofrío, se podría hablar, en plan de chismorreo, de cierta librería de Roma donde los homosexuales de la *jet set* se encuentran, sin que nadie lo note porque la frecuenta en su mayoría gente normalísima. Y para algunos se trata también del mismo sitio en el que te pueden pasar un sobrecito de coca: eliges un libro, vas a la caja, el tío te lo quita de las manos para envolverlo, y le mete el sobrecito. Se sabe de…, bueno, dejémoslo, uno que ha sido también ministro, que es homosexual y esnifa. Lo saben todos, o mejor dicho, lo sabe la gente que cuenta, porque por allí desde luego no se pasa el bujarrón proletario, y tampoco el bailarín, que daría la nota con sus aspavientos.

—Excelente eso de hablar de chismes, pero con algún detalle picante, como si solo fuera una nota de color. Claro que también hay una forma de sugerir nombres. Por ejemplo, se puede decir que el sitio en cuestión es absolutamente respetable porque lo frecuentan personajes muy destacados, y uno pone siete u ocho nombres de escritores, periodistas y senadores por encima de toda sospecha. Ahora bien, entre esos nombres se incluyen también uno o dos que son maricas. No se podrá decir que estamos calumniando a nadie, porque esos nombres aparecen precisamente como ejemplo de personas de confianza. Aún mejor, incluya a algún mujeriego empedernido, de esos de los que se conoce incluso el nombre de la amante. Y mientras tanto, hemos hecho llegar un mensaje en código, quien quiera entender que entienda, alguien se dará por enterado de que, si quisiéramos, podríamos escribir mucho más.

Maia estaba descompuesta, y saltaba a la vista, pero todos estaban excitándose ante la idea y, conociendo a Lucidi, se esperaban un gran artículo debidamente envenenado.

Maia salió antes que los demás, haciéndome un gesto como para decir perdón, esta noche tengo que estar sola, me voy a la cama con un Stilnox. Por eso caí presa de Braggadocio, que siguió contándome sus historias mientras paseábamos y, qué casualidad, llegábamos a la via Bagnera, como si lo tétrico del lugar se acomodara a la naturaleza mortuoria de su relato.

—Escúchame, aquí estoy topándome con una serie de acontecimientos que podrían contradecir mi hipótesis, pero ya verás que no es así. A ver, a Mussolini, hecho unos menudillos, lo cosen de cualquier manera y lo entierran con Claretta y todos los demás en el cementerio de Musocco, pero en una tumba anónima, para que nadie pueda ir a hacer peregrinaciones nostálgicas. Debería ser eso lo que deseaba quien hizo huir al verdadero Mussolini, es decir, que no se hablara demasiado de su muerte. Está claro que no se podía crear el mito del Barbarroja escondido, que podía funcionar perfectamente con Hitler, cuyo cadáver no se sabía dónde había ido a parar ni si estaba realmente muerto. Pero, aceptando que Mussolini estaba muerto (y los partisanos seguían ensalzando el piazzale Loreto como momento mágico de la Liberación), había que estar hechos a la idea de que un día el difunto reaparecería: como antes, más que antes, como decía aquella canción de Tony Dallara. Y no puedes hacer que resucite un picadillo remendado. Y entonces, entra en escena el aguafiestas de Leccisi.

—Creo recordar que es el que robó el cadáver del Duce.

—Precisamente. Un jovenzuelo de veintiséis años, último ramalazo de Salò, todo ideales y nada de ideas. Quiere darle una sepultura reconocible a su ídolo, o en cualquier caso, hacerle propaganda al neofascismo que está resurgiendo, mediante un escándalo; junta a una banda de descerebrados como él y, una noche de abril de 1946, entra en el cementerio. Los pocos guardias nocturnos duermen a pierna suelta, parece que se va derecho a la tumba porque está claro que había recibido información confidencial de alguien, desentierra el cuerpo aún más deshecho que cuando lo metieron en el ataúd (había pasado un año, te puedes imaginar lo que encontraría) y a la chita callando se lo lleva de cualquier manera, dejando desperdigados por las veredas del cementerio aquí un trozo de materia orgánica descompuesta, allá incluso dos falanges. Para que te hagas una idea de lo folloneros que eran.

Me daba la impresión de que Braggadocio se habría extasiado de haber podido participar en aquel hediondo traslado, puesto que ya me esperaba de todo de su necrofilia. Dejé que continuara.

—Golpe de efecto, grandes titulares en los periódicos, policía y carabineros que se afanan por aquí y por allá durante cien días sin encontrar rastro de los despojos, y eso que con la fetidez que emanaban deberían haber dejado una pista olfativa por todo el camino que estuvieran recorriendo. De todos modos, a los pocos días del secuestro, atrapan a un primer compadre, un tal Rana, y luego uno a uno van cayendo los demás cómplices, hasta que capturan al mismo Leccisi a finales de julio. Y se descubre que los despojos estuvieron escondidos un tiempo en una casa de Rana en Valtellina, y luego en mayo se los entregaron al padre Zucca, prior franciscano del convento de Sant'Angelo de Milán, que emparedó el cadáver en la tercera nave de su iglesia. El problema del padre Zucca y de su colaborador, el padre Parini, es una historia aparte. Unos los vieron como los capellanes de un Milán bien y reaccionario, que incluso traficaban con dinero falso y estupefacientes en ambientes neofascistas; otros como frailes de buen corazón que no podían sustraerse al deber de todo buen cristiano, *parce sepulto*, pero también aquí el tema me interesa muy poco. Lo que me interesa es que el gobierno se apresura a enterrar el cuerpo, con la autorización del cardenal Schuster, en una capilla del convento capuchino de Cerro Maggiore, y allí lo deja desde 1946 hasta 1957, once años, sin que el secreto se filtre. Entenderás que este es el punto crucial de todo el asunto. Ese imbécil de Leccisi se había arriesgado a sacar a la luz el cadáver del doble; no es que en ese estado se pudiera examinar seriamente, pero, en cualquier caso, para los que movían los hilos del *affaire* Mussolini era mejor echarle tierra al asunto, no solo al cadáver, y que se hablara de ello lo menos posible. Pero bueno, mientras Leccisi (tras veintiún meses de cárcel) hace una excelente carrera parlamentaria, el nuevo presidente del gobierno, Adone Zoli, que había contado también con los votos de los neofascistas para llegar al gobierno, concede en compensación que los restos sean devueltos a la familia y se les dé sepultura en su ciudad natal, Predappio, en una especie de monumento donde aún hoy en día se reúnen los viejos nostálgicos y los nuevos fanáticos, camisas negras y saludos romanos. Yo creo que Zoli no estaba al corriente de la existencia del verdadero Mussolini y, por lo tanto, no le inquietaba el culto del doble. No lo sé; a lo mejor se desarrolló de forma distinta, pero es que, claro, el tema del doble no debía de estar ni por asomo en manos de los neofascistas, sino en otras, mucho más poderosas.

—Ya, pero perdona, ¿qué papel tiene entonces la familia de Mussolini? O no saben que el Duce está vivo, lo que me parece imposible, o aceptan meter en su casa un cadáver falso.

—Mira, todavía no he entendido cuál era la situación de la familia. Yo soy partidario de que sabían que su marido y padre estaba vivo en algún sitio. Si se escondía en el Vaticano, era difícil verlo: un Mussolini entrando en el Vaticano no pasa desapercibido. Mejor la hipótesis de Argentina. ¿Indicios? Mira a Vittorio Mussolini. Pasa indemne por las depuraciones, se convierte en guionista y autor de argumentos de películas y, durante un largo periodo, en la posguerra, reside en Argentina. En Argentina, ¿entiendes? ¿Para estar cerca del padre? No podemos decirlo, pero ¿por qué en Argentina? Y hay fotos de Romano Mussolini y de otras personas en el aeropuerto de Ciampino saludando a Vittorio que se marcha hacia Buenos Aires. ¿Por qué darle tanta importancia al viaje de un hermano que ya antes de la guerra había estado incluso en Estados Unidos? ¿Y Romano? Después de la guerra se convierte en un pianista de jazz famoso, da conciertos también en el extranjero. Es verdad que la historia no se ocupa de los viajes artísticos de Romano, pero ¿no habrá pasado él también por Argentina? ¿Y doña Rachele? Es libre, nadie le habrá impedido darse un viajecito, quizá para no llamar la atención va a París o a Ginebra y de allí a Buenos Aires.

¿Quién sabe? Cuando entre Leccisi y Zoli se arma el pastelón que sabemos, y de repente le sueltan esas sobras de cadáver, no puede decir que se trata del cuerpo de otro, se marca el farol y se lo mete en casa: sirve para mantener vivo el fuego del fascismo entre los nostálgicos, a la espera del regreso del Duce verdadero. De todos modos, la historia de su familia no me interesa, porque aquí es donde empieza la segunda parte de mi investigación.

—Cuéntame…

—Se nos ha pasado la hora de cenar y todavía le faltan algunas piezas a mi rompecabezas. Hablaremos de ello en otro momento.

No entendía si Braggadocio era un portentoso narrador folletinesco, que me dosificaba su novela por entregas, con el debido suspense en cada «continuará», o si de verdad estaba reconstruyendo aún su trama pieza a pieza. De todas maneras, no era cuestión de insistir porque, entretanto, ese trajín de despojos malolientes me había dado náuseas. Volví a casa y me tomé yo también un Stilnox.

XV

Jueves, 28 de mayo

—Para el cero/dos hay que pensar en un artículo de fondo sobre la honradez —dijo aquella mañana Simei—. Ya estamos todos enterados de que en los partidos políticos había manzanas podridas y todos arramblaban con comisiones ilegales. Deberíamos hacer entender que, si quisiéramos, podríamos desencadenar una campaña contra los partidos. Deberíamos proponer un partido de los honrados, un partido de ciudadanos capaces de hablar de una política distinta.

—Vayamos con cuidado —dije yo—, ¿no era la posición del Hombre Cualquiera?

—El frente del Hombre Cualquiera fue absorbido y castrado por una Democracia Cristiana que en otros tiempos era poderosísima y muy pero que muy lista. En cambio, esta Democracia Cristiana de hoy está tambaleándose, ya no son los tiempos heroicos, hoy son un hatajo de gilipollas. Y además, nuestros lectores ya no saben quién era el Hombre Cualquiera, es un tema de hace cuarenta y cinco años —dijo Simei—; ni tan siquiera se acuerdan de lo que pasó hace diez años. En un periódico importante, en una celebración de la Resistencia, acabo de ver dos fotos: una, de un camión de partisanos y, la otra, de una fila de personas con el uniforme fascista saludando a la romana. El pie rezaba: «Brigadas fascistas». Pero, qué va, las brigadas existían en los años veinte y no se paseaban de uniforme, mientras que las que salen en la foto son milicias fascistas de entre los años treinta y principios de los cuarenta, que alguien de mi edad reconoce fácilmente. No pretendo que en las redacciones trabajen solo testigos de mi edad, pero yo sé distinguir perfectamente a los *bersaglieri* del general Lamarmora de las tropas de Bava Beccaris por sus uniformes, aunque nací cuando uno y otro llevaban ya bastante tiempo muertos. Si los colegas tienen memoria débil, imagínense si nuestros lectores van a acordarse del Hombre Cualquiera. Bien, volvamos a mi idea: un nuevo partido de los honrados puede preocupar a un montón de gente.

—*La liga de los honestos* —dijo Maia sonriendo—. Era el título de una vieja novela de Giovanni Mosca, cosas de antes de la guerra, pero aún sería divertido leerla. Se hablaba de una *union sacrée* de personas muy decentes cuyo cometido era infiltrarse entre los deshonestos para desenmascararlos y, a ser posible, convertirlos a la honradez. Claro que, para poder ser admitidos por los deshonestos, los miembros de la liga tenían que portarse de forma deshonesta. Está de más decir que la liga de los honestos poco a poco se va transformando en una liga de los deshonestos.

—Eso es literatura, monada —reaccionó Simei—; y este Mosca, hoy en día, ¿quién sabe quién fue? Usted lee demasiado. Dejemos de lado a su Mosca, pero si el tema la asquea, no tendrá que ocuparse usted. *Dottore* Colonna, me echará usted una mano para hacer un artículo de fondo muy fuerte. Y virtuoso.

—Se puede hacer —dije—. La llamada a la honradez siempre vende muy bien.

—La liga de los honestos deshonestos —se estaba mofando Braggadocio mientras miraba a Maia. La verdad, nunca harían buenas migas. Y yo sentía cada vez más que ese gorrioncito-pozo de ciencia estuviera prisionero en la pajarera de Simei. Pero no veía qué podía hacer en esas circunstancias para liberarlo. Su problema se estaba convirtiendo en mi pensamiento dominante (¿acaso era también el suyo?) y me estaba desengañando de todo lo demás.

A la hora de la comida, al bajar al bar para tomar un bocadillo, le dije:

—¿Quieres que tiremos todo por la borda, que vayamos a denunciar esta farsa y pongamos de vuelta y media a Simei y compañía?

—¿Y ante quién lo denunciarías? —me preguntó—. Primero, no te arruines por mí; segundo, ¿adónde vas a ir a contar este asunto cuando los periódicos, lo voy entendiendo poco a poco, son todos de la misma calaña? Se protegen unos a otros...

—Ahora no te me vuelvas como Braggadocio, que ve conspiraciones por doquier. De todas formas, perdóname. Hablo así porque... —no sabía cómo formular la frase—, porque creo que te quiero.

—¿Sabes que es la primera vez que me lo dices?

—Tonta, ¿acaso no tenemos los mismos pensamientos?

Pero era verdad. Llevaba por lo menos treinta años sin decir algo por el estilo. Era mayo, y al cabo de treinta años sentía la primavera en los huesos.

¿Por qué pensé en los huesos? Sería porque precisamente esa tarde, recuerdo, Braggadocio me había citado en el barrio de Verziere, delante de la iglesia de San Bernardino alle Ossa. En una callejuela esquina con la piazza Santo Stefano.

—Bonita iglesia —me iba diciendo Braggadocio mientras entrábamos—, lleva aquí desde la Edad Media pero entre derrumbes, incendios y otras vicisitudes la reconstruyeron tal como está apenas en el siglo dieciocho. Nació para recoger los huesos de un cementerio de leprosos, que al principio quedaba cerca de aquí.

Ya me parecía. Liquidado el cadáver de Mussolini, que ya no podría desenterrar, Braggadocio buscaba otras inspiraciones mortuorias. Y, en efecto, entramos en el osario a través de un pasillo. La capilla estaba desierta, excepto por un viejecita en un banco de la primera fila, que rezaba con la cabeza entre las manos. Cabezas de muertos yacían amontonadas en altos nichos entre pilastra y pilastra, cajas de huesos, calaveras dispuestas en cruz engarzadas en un mosaico de piedrecillas blancuzcas que eran también huesos, tal vez fragmentos de columnas vertebrales, articulaciones, clavículas, esternones, escápulas, coxis, carpos y metacarpos, rótulas, tarsos, astrágalos, y qué sé yo. Se elevaban por doquier bastimentos óseos que conducían verticalmente la mirada hasta una bóveda tiepolesca, luminosa ella, gozosa en un torbellino de nubes rosa y crema entre las cuales aleteaban ángeles y almas triunfantes. En una repisa horizontal encima de la antigua puerta atrancada se alineaban, como botes de porcelana en los anaqueles de un farmacéutico, cráneos con las órbitas abiertas de par en par. En los nichos a nivel del visitante —protegidos por una malla metálica ancha donde se podían introducir los dedos— los huesos y los cráneos habían sido abrillantados y pulidos por el toque plurisecular de manos devotas o necrófilas, como el pie de la estatua de san Pedro en Roma. Las calaveras, a ojo, eran por lo menos un millar, los huesos más minúsculos no se podían contar, en las falsas columnas campeaban monogramas de Cristo construidos con tibias, que parecían haber sido usurpadas a las *Jolly Rogers* de los piratas de la Tortuga.

—No hay solo huesos de leprosos —me decía Braggadocio, como si no hubiera nada mejor en este mundo—. Hay esqueletos procedentes de otras sepulturas cercanas, sobre todo cadáveres de condenados, pacientes fallecidos en el hospital de Brolo, decapitados, prisioneros muertos en las cárceles, probablemente también ladrones y asesinos que venían a morirse a esta iglesia porque no tenían ningún otro lugar donde caerse muertos en santa paz. Verziere era un barrio con una pésima reputación... Me da risa que esa viejecilla esté aquí rezando como si se tratara del sepulcro de un santo con reliquias santísimas, mientras que se trata de despojos de truhanes, bandidos, almas condenadas. Y aun así, los viejos monjes fueron más piadosos que los enterradores y desenterradores de Mussolini; mira con qué cuidado, con qué amor por el arte, y también con qué cinismo, dispusieron todo este osambre, como si fueran mosaicos bizantinos. La vieja está seducida por estas imágenes de muerte que toma por imágenes de santidad; y, aunque ya no consigo localizar dónde, debajo de ese altar debería verse el cuerpecillo semimomificado de una chiquilla que, según dicen, sale la noche de los muertos con otros esqueletos para hacer su danza macabra.

Me imaginaba que la pilluela llevaría de la mano a sus huesudos amiguitos incluso por la via Bagnera, pero no dije nada. Osarios igual de macabros los había visto en Roma, el de los Capuchinos; y las terribles catacumbas de Palermo, con capuchinos enteros, momificados y vestidos con haraposa majestad, pero Braggadocio evidentemente se conformaba con sus carcasas ambrosianas.

—También hay un *putridarium*: se baja por una escalerita por delante del altar mayor, pero hay que encontrar al sacristán, y de buen humor. Los frailes sentaban a sus hermanos a corromperse y licuarse en unos bancos de piedra, y lentamente los cuerpos se deshidrataban, los humores rezumaban, y al cabo de un tiempo solo quedaban los esqueletillos mondos y lirondos como las muelas que se ven en los anuncios de pasta de dientes. Hace días pensaba que este habría sido un lugar ideal para esconder el cadáver de Mussolini tras el secuestro de Leccisi, pero desgraciadamente no estoy escribiendo una novela y reconstruyo hechos históricos, y es histórico que lo que quedaba del Duce se colocó en otro lugar. Una pena. Pero por eso he visitado a menudo, en estos últimos tiempos, este sitito, que para una historia de últimos despojos me ha inspirado muchos y hermosos pensamientos. Hay gente que se inspira, qué sé yo, mirando las Dolomitas o el lago Maggiore, y yo me inspiro aquí. Debería haber sido guardián de un depósito de cadáveres. Será por el recuerdo de mi abuelo muerto de mala manera, que en paz descanse.

—Pero ¿por qué me has traído *a mí*, aquí?

—Bueno, a alguien tengo que contarle lo que bulle en mi interior; si no, me voy a volver loco. Ser el único que ha captado la verdad puede hacer que te dé vueltas la cabeza. Y aquí nunca hay nadie, excepto de vez en cuando algún turista extranjero que no entiende un pijo. Es que por fin he llegado al *stay-behind*.

—¿Esteiqué?

—Venga, acuérdate que tenía que decidir qué se haría con el Duce, el vivo, para no dejarlo pudrirse en Argentina o en el Vaticano, y acabar como su doble. ¿Qué hacemos con el Duce?

—¿Qué hacemos?

—Pues, los aliados o quienquiera que actuara por ellos, lo querían vivo, para sacárselo de la manga en el momento oportuno en caso de una revolución comunista o un ataque soviético. Durante la Segunda Guerra Mundial los ingleses coordinaron la actividad de los movimientos de resistencia en los países ocupados por el Eje a través de una red dirigida por una rama de los servicios de inteligencia del Reino Unido, el Special Operations Executive, que fue desmantelado tras el final del conflicto, pero volvió a ponerse en marcha a principios de los años cincuenta, como núcleo de una nueva organización que había de contrarrestar, en los distintos países europeos, una invasión del Ejército Rojo o a los comunistas locales que intentaran un golpe de Estado. La coordinación estaba asegurada por el mando supremo de las fuerzas aliadas en Europa; así nace el *stay-behind* («estar detrás», «estar más acá de las líneas»), en Bélgica, Inglaterra, Francia, Alemania Occidental, Holanda, Luxemburgo, Dinamarca y Noruega. Una estructura paramilitar secreta. En Italia hubo un barrunto a partir de 1949, en 1959 los servicios secretos italianos entran a formar parte de un Comité de Planificación y Coordinación, y por fin, en 1964, nace oficialmente la organización Gladio, financiada por la CIA. Gladio: el nombre debería decirte algo porque el gladio es un arma de los legionarios romanos, y por ello decir *gladio* era como decir *fasces* o fachoserías por el estilo. Un nombre que podía atraer a los militares jubilados, a los amantes de la aventura y a los nostálgicos fascistas. La guerra había terminado pero mucha gente se solazaba todavía con el recuerdo de los días heroicos, asaltos con dos bombas y en la boca una flor, plomo para el fusil. Eran ex republicanos de Salò, o idealistas sesentones y católicos, aterrados ante la perspectiva de que los cosacos abrevaran sus caballos en las pilas de agua bendita de San Pedro, pero también fanáticos de la monarquía desaparecida, alguien dice que incluso Edgardo Sogno estaba involucrado. Sí, Sogno, pues aun habiendo sido el jefe de las brigadas partisanas en Piamonte, un héroe, era monárquico hasta la médula y, por lo tanto, vinculado al culto de un mundo desaparecido. A los reclutas se los mandaba a un campo de adiestramiento en Cerdeña, donde aprendían (o recordaban cómo se hacía) a volar puentes, manejar ametralladoras, asaltar de noche a ejércitos enemigos con un puñal entre los dientes, llevar a cabo actos de sabotaje y de guerrilla…

—Pero debían de ser coroneles jubilados, brigadas enfermizos, contables raquíticos, no me los veo trepando a pilares y torretas como en *El puente sobre el río Kwai*.

—Sí, pero había también jóvenes neofascistas que deseaban liarse a mamporros y apolíticos biliosos que iban por libre.

—Me parece haber leído algo hace un par de años.

—Claro; la red Gladio fue ultrasecreta desde finales de la guerra en adelante, su existencia la conocían solo los servicios y los altos mandos militares, y se les comunicaba exclusivamente a los presidentes del gobierno, a los ministros de Defensa y a los presidentes de la República. Luego, con la caída del Imperio soviético, prácticamente la red perdió su función, y quizá también costaba demasiado; precisamente el presidente Cossiga se dejó escapar algunas revelaciones en el noventa, y ese mismo año Andreotti, presidente del gobierno, dijo oficialmente que sí, que la red Gladio había existido, y no era el caso de poner el grito en el cielo, que era necesario que existiera, que ahora el tema estaba zanjado, y se acabó con los chismes. Nadie montó un drama, prácticamente todos lo olvidaron. Solo Italia, Bélgica y Suiza iniciaron alguna investigación parlamentaria, pero George H. W. Bush se negó a hablar, visto que estaba enzarzado en los preparativos de la guerra del Golfo y no quería que se desprestigiara a la Alianza Atlántica. El tema se acalló en todos los países que se habían adherido al *stay-behind*, con algún incidente menor; en Francia se sabía desde hacía tiempo que la tristemente famosa OAS había sido creada con miembros del *stay-behind* francés pero, tras un fracasado golpe de Estado en Argel, De Gaulle recondujo la disidencia al orden. En Alemania era notorio que la bomba del Oktoberfest de 1980 en Múnich se construyó con explosivos que procedían de un escondite del *stay-behind* alemán; en Grecia fue el ejército *stay-behind*, la Fuerza de Incursión Helénica, la que dio vida al golpe de Estado de los coroneles; en Portugal una misteriosa Aginter Press asesinaba a Eduardo Mondlane, el jefe del Frente de Liberación de Mozambique. En España, un año después de la muerte de Franco, dos carlistas son asesinados por terroristas de extrema derecha; el año siguiente el *stay-behind* lleva a cabo una matanza en Madrid, en un despacho de abogados vinculados con el Partido Comunista. En Suiza, solo hace dos años, el coronel Aboth, ex comandante del *stay-behind* local, declara en una carta confidencial al Departamento de Defensa que está dispuesto a revelar «toda la verdad» y lo encuentran en su casa, acuchillado con su propia bayoneta. En Turquía están vinculados al *stay-behind* los Lobos Grises, los que luego se verían implicados en el atentado a Juan Pablo II. Podría seguir, y te he leído solo unos pocos apuntes, pero, como ves, se trata de fruslerías, un homicidio por aquí, un asesinato por allá, asuntos que salían en las páginas de sucesos, y sistemáticamente acababan en el olvidadero. El caso es que los periódicos no están hechos para difundir sino para encubrir noticias. Sucede el hecho X, no puedes obviarlo, pero, como pone en apuros a demasiada gente, en ese mismo número te marcas unos titulones que le ponen a uno los pelos de punta: madre degüella a sus cuatro hijos, quizá nuestros ahorros acaben en cenizas, se descubre una carta de insultos de Garibaldi a Nino Bixio y, hala, tu noticia se ahoga en el gran mar de la información. Pero bueno, a mí me interesa lo que hizo la red Gladio en Italia desde los años sesenta hasta 1990. Debe de haberla liado gorda, habrá estado metida hasta las cejas en movimientos terroristas de extrema derecha, desempeñó un papel en el atentado de la piazza Fontana de 1969, y desde entonces (estamos en los tiempos de las revueltas estudiantiles del sesenta y ocho y de los otoños calientes de los obreros) alguien entendió que podía instigar atentados terroristas para poder cargarle su autoría a la izquierda. Y se dice que metió las narices también la tristemente famosa Logia P2 de Licio Gelli. Pero ¿por qué una organización que debía combatir a los soviéticos se dedica solo a atentados terroristas? Entonces he tenido que volver a considerar toda la historia del príncipe Junio Valerio Borghese.

Hasta aquí Braggadocio me había hablado de muchos asuntos que habíamos leído en los periódicos, visto que en los años setenta se habló largo y tendido de golpes de Estado militares, de «ruido de sables», y me volvieron a la cabeza habladurías sobre un golpe de Estado anhelado (aunque nunca realizado) por el general De Lorenzo. Pero Braggadocio me estaba recordando ahora el golpe que se dio en llamar de los *forestales*. Una historia bastante grotesca, que creo que inspiró incluso una película satírica. Junio Valerio Borghese, llamado también «el príncipe negro», había estado al mando de la Decima Flottiglia Mas. Hombre de cierta valentía, se decía, fascista hasta la médula, obviamente se adhirió a la República de Salò y nunca se llegó a entender cómo en 1945, cuando se fusilaba a diestro y siniestro, él consiguió salir indemne y mantener su aureola de purísimo combatiente, boina ladeada, metralleta en bandolera, bombachos típicos de aquella unidad, jerséis de cuello redondo; y eso que tenía una cara que, si lo hubieras visto por la calle vestido como un oficinista no habrías dado ni un duro por él.

Pues bien, Borghese, en 1970, consideró que había llegado el momento de dar un golpe de Estado. Braggadocio opinaba que se había tenido en cuenta que Mussolini iba a cumplir pronto ochenta y seis años, por lo que tenía que regresar cuanto antes del exilio: no se podía seguir esperando visto que ya en el cuarenta y cinco se le veía bastante maltrecho.

—Algunas veces me siento conmovido —decía Braggadocio— por ese pobre hombre; imagínate, si estuvo en Argentina (aunque no pudiera comerse esos chuletones de allá a causa de su úlcera), por lo menos podía mirar la pampa inmensa (aunque mira tú qué gusto, durante veinticinco años); pero si se quedó en el Vaticano, las hubo de pasar canutas: a lo sumo algún paseíto de noche por algún jardín y sopitas servidas por una monja con bigotes, y la idea de haber perdido, con Italia, a su amante, y no poder volver a abrazar a sus hijos; cabe incluso que se le fuera un poco el tarro, todo el día en un sillón rumiando sus antiguas glorias, viendo lo que sucedía en el mundo solo a través de la televisión, en blanco y negro, mientras con la mente obnubilada por la edad pero excitada por la sífilis volvía a los triunfos del balcón del palacio Venecia, a los veranos en los que segaba el trigo con el torso desnudo, besuqueaba a los niños con madres cachondas que le baboseaban las manos, o a las tardes en la sala del mapamundi, donde el camarero Navarra introducía a señoras palpitantes y él, desabrochándose apenas la bragueta de los pantalones de montar, las tumbaba sobre el escritorio y las inseminaba en pocos segundos mientras ellas lanzaban gañidos de perras en celo murmurando oh, Duce mío, Duce mío… Y mientras él recordaba babeando y con la polla floja, alguien le martilleaba el cerebro con la idea de la insurrección cercana. Me acabo de acordar del chiste aquel sobre Hitler, también él exiliado en Argentina, a quien los neonazis quieren convencer de que vuelva a escena para reconquistar el mundo, él está indeciso y titubea un buen rato, porque la edad también le pesa, pero al final se decide y dice que vale, que bien, pero esta vez… *malos*, ¿verdad que sí?

»En fin —seguía Braggadocio—, en 1970 todo indicaba que un golpe podría funcionar. Al mando de los servicios estaba el general Miceli, también él en la Logia P2, y algunos años después diputado del Movimiento Social Italiano; pues fíjate, sospechoso e investigado por el *affaire* Borghese, consiguió salir del trance como si nada y murió serenamente hace dos años. Y he sabido de fuente segura que, dos años después del golpe Borghese, Miceli todavía recibió ochocientos mil dólares de la embajada estadounidense, no se sabe por qué y de qué. Borghese podía contar, por lo tanto, con excelentes apoyos en las altas esferas y con la red Gladio, con los veteranos falangistas de la guerra de España, con los ambientes masónicos; también se dijo que entró en juego la mafia, que como sabes siempre tiene algo que ver. Y en la sombra, el Licio Gelli de siempre hostigaba a los carabineros y a los altos mandos militares, que eran ya un hervidero de masones. Escucha bien la historia de Licio Gelli, porque es fundamental para mi tesis. Pues bien, Gelli no lo ha negado jamás, participó en la guerra de España, estuvo en la República Social y trabajó como oficial de enlace con las SS; pero al mismo tiempo toma contacto con los partisanos, y en la posguerra se vincula con la CIA. Así pues, un personaje de ese calibre por fuerza ha de tener las manos metidas en la red Gladio. Y ahora viene lo mejor: en julio de 1942, como inspector del Partido Nacional Fascista, se le encargó la misión de transportar a Italia el tesoro del rey Pedro II de Yugoslavia, sesenta toneladas de lingotes de oro, dos de monedas antiguas, seis millones de dólares, dos millones de esterlinas que el SIM, el Servicio de Información Militar, había requisado. En 1947 el tesoro por fin es devuelto pero faltan veinte toneladas de lingotes y se dice que Gelli los había transferido a Argentina. Argentina, ¿lo pillas? En Argentina, Gelli tiene contactos amistosos con Perón, pero no basta, también con generales como Videla, y de Argentina recibe el pasaporte diplomático. ¿Y quién campa a sus anchas en Argentina? Su brazo derecho Umberto Ortolani, que es, entre otras cosas, el enlace entre Gelli y monseñor Marcinkus. ¿Y entonces? Y entonces todo nos lleva donde está el Duce y donde se está preparando su regreso, y naturalmente hace falta dinero y una buena organización, y apoyos locales. Por eso Gelli es esencial para el plan Borghese.

—La verdad es que contado de esta manera parece convincente...

—Y lo es. Eso no quita que el ejército que reunió Borghese fuera una arlequinada, donde junto a abuelitos nostálgicos (el mismo Borghese tenía ya más de sesenta años) había sectores del Estado e incluso unidades de la guardia forestal, no me preguntes por qué precisamente de la guardia forestal, a lo mejor es que tras la deforestación de la posguerra no tenían nada mejor que hacer. Con todo, semejante caterva habría podido llevar a cabo algo siniestro. Emerge de fuentes procesales posteriores que Licio Gelli tenía que ocuparse de la captura del presidente de la República, que entonces era Saragat, y un armador de Civitavecchia puso a disposición sus mercantes para transportar a las islas Lipari a las persones capturadas por los golpistas. ¡Y no te vas a creer quién estaba implicado en la operación! ¡Otto Skorzeny, el que liberó a

Mussolini en el Gran Sasso en 1943! Todavía seguía en circulación, otro al que las purgas violentas de la posguerra no habían tocado, en buenas relaciones con la CIA; su cometido era garantizar que Estados Unidos no pondría objeciones al golpe, con tal de que subiera al poder una junta militar «centro-democrática». Piensa en la hipocresía de la fórmula. Pero lo que las investigaciones sucesivas nunca sacaron a la luz es que Skorzeny, evidentemente, había permanecido en contacto con Mussolini, que le debía mucho, y quizá habría debido ocuparse de la llegada del Duce desde su exilio para dar la imagen heroica que necesitaban los golpistas. Vamos, que todo el golpe se basaba en el regreso triunfal de Mussolini. Pero, ojo al dato: el golpe había sido planeado cuidadosamente a partir de 1969, qué coincidencia, el año de la matanza de la piazza Fontana, pensada ya para que todas las sospechas recayeran en la izquierda y así preparar psicológicamente a la opinión pública a un regreso al orden. Borghese preveía la ocupación del Ministerio de Interior, del Ministerio de Defensa, de las sedes de la RAI y de los medios de telecomunicaciones (radio y teléfonos), así como la deportación de los opositores presentes en el Parlamento. Estas no son fantasías mías porque más tarde se encontró una proclama que Borghese habría debido leer por radio, y que decía más o menos que por fin había llegado el esperado vuelco político, la clase que había gobernado veinticinco años había llevado a Italia al borde de la destrucción económica y moral, las fuerzas armadas y las fuerzas del orden apoyaban la toma del poder de los golpistas. Italianos, debería haber concluido Borghese, al volver a encomendaros nuestra gloriosa bandera tricolor, os invitamos a gritar nuestro incontenible himno de amor, Viva Italia. Típica retórica mussoliniana.

Entre el 7 y el 8 de diciembre (me recordaba Braggadocio) llegaron a Roma muchos centenares de conjurados, empezaron a distribuirse armas y municiones, dos generales se emplazaron en el Ministerio de Defensa, un grupo armado de guardas forestales se apostó en las proximidades de la sedes televisivas de la RAI; en Milán se preparaba la ocupación de Sesto San Giovanni, tradicional baluarte de los comunistas.

—¿Y de repente qué pasa? Mientras todo el proyecto parecía llegar a buen fin, y se podía decir que los conspiradores tenían a Roma en sus manos, Borghese comunica a todo el mundo que la operación queda suspendida. Después se diría que aparatos fieles al Estado se estaban oponiendo a la conjura, pero en ese caso habrían podido arrestar a Borghese el día antes sin esperar a que Roma se llenara de leñadores de uniforme. En cualquier caso, el asunto se liquida casi a hurtadillas, los golpistas se alejan sin incidentes, Borghese se refugia en España, solo unos pocos imbéciles son arrestados, pero a todos se les conceden «arrestos» en clínicas privadas, y algunos de ellos reciben durante su hospitalización la visita de Miceli, que les promete protección a cambio de su silencio. Hay algunas investigaciones parlamentarias de las que la prensa apenas habla; es más, la opinión pública se entera vagamente de los hechos solo tres meses después. Qué sucedió no quiero saberlo, lo que me interesa es por qué un golpe preparado con tanto esmero queda anulado en pocas horas, transformando una empresa tremendamente seria en una farsa. ¿Por qué?

—A ti te lo pregunto.

—Parece ser que yo soy el único que se lo ha preguntado y, desde luego, soy el único que ha encontrado la respuesta, de una claridad meridiana: esa misma noche llega la noticia de que Mussolini, tal vez ya en territorio nacional, dispuesto a hacer su aparición, *ha muerto* repentinamente, lo cual, a su edad, y traído y llevado como un paquete postal, no es en absoluto inverosímil. El golpe no se produce porque su símbolo carismático ha desaparecido, y esta vez de verdad, veinticinco años después de su presunta muerte.

Los ojos de Braggadocio brillaban, parecían iluminar la letanía de calaveras que nos rodeaban, sus manos temblaban, los labios se cubrían de saliva blancuzca, me había asido por los hombros:

—¡Entiendes, Colonna: esta es mi reconstrucción de los hechos!

—Y si no recuerdo mal, hubo incluso un juicio…

—Pura farsa, con Andreotti que colaboraba para encubrirlo todo, y dieron con sus huesos en la cárcel solo personajes de segundo plano. La cuestión es que todo lo que supimos era falso, o estaba deformado, hemos vivido en el engaño los veinte años siguientes. Ya te he dicho que nunca hay que creer en lo que nos cuentan...

—Y aquí acaba tu historia...

—No, no. Aquí empieza otra y podría no interesarme si lo que sucedió después no hubiera sido la consecuencia directa de la desaparición de Mussolini. Al faltar la figura del Duce, ninguna operación Gladio podía abrigar la esperanza de conquistar el poder, mientras empezaba a volverse cada vez más remota una invasión soviética, porque ya se estaba llegando poco a poco a la distensión. Lo que pasa es que la red Gladio no se disuelve, es más, empieza a ser verdaderamente operativa justo a partir de la muerte de Mussolini.

—¿Y cómo?

—Puesto que ya no se trata de instalar un nuevo poder derribando al gobierno, la red Gladio se une a todas esas fuerzas ocultas que intentan desestabilizar Italia para que a la opinión pública le resulte intolerable el ascenso de la izquierda y de este modo se preparen las condiciones para nuevas formas de represión. Hechas con todos los visos de la legalidad. ¿Te das cuenta de que antes del golpe Borghese había habido pocos atentados, tipo el de la piazza Fontana, y solo ese año empiezan a formarse las Brigadas Rojas e inmediatamente después, en los años siguientes, empiezan las matanzas en cadena? 1973, bomba en la comisaría de Milán; 1974, matanza en la piazza della Loggia en Brescia; mismo año, una bomba de alta potencia estalla en el tren *Italicus*, Roma-Múnich, doce muertos y cuarenta y ocho heridos, pero, cuidado, a bordo del tren debería haber estado Aldo Moro, y resulta que lo perdió porque algunos funcionarios del ministerio lo hicieron bajar en el último momento para firmar unos documentos urgentes. Y diez años después ahí tenemos otra bomba en el rápido Nápoles-Milán. Por no hablar del caso Moro; todavía hoy no sabemos lo que pasó de verdad. No basta, en septiembre de 1978, al mes de su elección, muere misteriosamente el nuevo papa Albino Luciani. Infarto o derrame cerebral, dijeron, pero ¿por qué hicieron desaparecer de los aposentos papales sus objetos personales, las gafas, las zapatillas, apuntes y el bote de Effortil que evidentemente el viejo tenía que tomarse para la tensión baja? ¿Por qué esos objetos habían de desvanecerse en la nada? ¿A lo mejor porque no era verosímil que a un hipotenso le diera ese ataque? ¿Por qué la primera persona importante que entra inmediatamente después en su habitación es el cardenal Villot? Tú me dirás que era natural, era el secretario de Estado, pero existe un libro de un tal Yallop en el que se revelan algunos hechos: el Papa se habría interesado por la existencia de una camarilla eclesiástico-masónica de la que formarían parte precisamente Villot, los monseñores Agostino Casaroli, el subdirector del *Osservatore Romano*, el director de la Radio Vaticana y, naturalmente, Marcinkus, el omnipresente monseñor que manejaba a su albedrío el IOR, el banco vaticano, que como luego se descubrió apoyaba fraudes fiscales y lavado de dinero sucio, y cubría otros tráficos oscuros de personajes como Roberto Calvi y Michele Sindona. Los cuales, mira tú por dónde, acabarán en los años siguientes, uno, ahorcado en el puente de Black Friars de Londres, y el otro, envenenado en la cárcel. Y en el escritorio de Luciani encontraron una copia del semanario *Il Mondo*, abierto por una página sobre la investigación de las operaciones del banco vaticano. Yallop habla de seis sospechosos del homicidio: Villot, el cardenal de Chicago John Cody, Marcinkus, Sindona, Calvi y Licio Gelli, el mismo de siempre, maestre venerable de la Logia P2. Me dirás que todo esto nada tiene que ver con la red Gladio, pero, mira qué coincidencia, muchos de estos personajes tenían que ver con las otras tramas, y el Vaticano había estado implicado en el salvamento y custodia de Mussolini. A lo mejor Luciani descubrió precisamente esto y, aunque habían pasado algunos años de la muerte real del Duce, no quería dejar títere con cabeza en ese clan que preparaba un golpe de Estado desde el final de la Segunda Guerra Mundial. Y te añadiré que, muerto Luciani, el asunto debería haber ido a caer en las manos de Juan Pablo II, que tres años después sufre un atentado por parte de los Lobos Grises turcos, esos Lobos Grises que, como te he dicho, estaban afiliados al *stay-behind* de ese país... El Papa luego perdona; el autor del atentado, conmovido, expía en la cárcel;

en fin, que el pontífice se asusta y deja de ocuparse del tema, entre otras cosas porque a él Italia le importa bien poco y parece más preocupado por combatir las sectas protestantes del Tercer Mundo. De este modo, a él, lo dejan en paz. ¿Te bastan todas estas coincidencias?

—Pero ¿no será esa tendencia tuya a ver conspiraciones por todos lados la que te hace meterlo todo en el mismo saco?

—¿Yo? Pero si son documentos judiciales, y los encuentras, si sabes buscar en los archivos; lo que pasa es que a la gente se lo han contado deslizando los hechos entre una noticia y otra. Mira el asunto de Peteano. En mayo de 1972, cerca de Gorizia, los carabineros reciben el aviso de que un Fiat 500 está abandonado en una carretera con dos agujeros de bala en el parabrisas. Llegan tres carabineros, intentan abrir el capó y mueren por una explosión. Durante algún tiempo se piensa en una acción de las Brigadas Rojas, pero años después se presenta un tal Vincenzo Vinciguerra. Menudo individuo: evitó el arresto por otro asunto oscuro refugiándose en España, protegido por la red anticomunista internacional, la Aginter Press; ahí, a través de contactos con otro terrorista de derechas, Stefano delle Chiaie, se afilia a Avanguardia Nazionale, luego se larga a Chile y a Argentina, pero en 1978 decide que toda su lucha contra el Estado carecía de sentido y tiene la bondad de entregarse en Italia. Nota, no estaba arrepentido, seguía pensando que había hecho bien en hacer lo que había hecho hasta entonces, y te dirás:

¿por qué se entrega entonces? Yo digo que por necesidad de publicidad, hay asesinos que vuelven al lugar del crimen, asesinos en serie que mandan pistas a la policía porque desean que se los capture porque si no, no salen en primera página, y este Vinciguerra empieza a vomitar confesión tras confesión a partir de ese momento. Asume la responsabilidad del atentado de Peteano, y pone en apuros a los aparatos del Estado que, dice, lo protegieron. Solo en 1984, un juez, Felice Casson, descubre que el explosivo que se usó en Peteano procedía de un depósito de armas de la red Gladio, y lo más intrigante es que la existencia de ese depósito se la había revelado (mira tú por dónde) Andreotti, quien, por lo tanto, sabía y nunca abrió boca. Un experto que trabajaba para la policía italiana (y era miembro de Ordine Nuovo) habría hecho un peritaje según el cual los explosivos empleados eran idénticos a los que usaban las Brigadas Rojas, pero Casson demostró que el explosivo era el C-4, en dotación a los efectivos de la OTAN. En fin, un buen lío pero, como ves, OTAN o brigadistas, por en medio estaba siempre la red Gladio. Lo que pasa es que las investigaciones demuestran que también Ordine Nuovo colaboró con el servicio secreto italiano, el SID, y está claro que si unos servicios secretos militares hacen estallar por los aires a tres carabineros, no será por odio hacia el arma sino para hacer que la culpa recaiga en militantes de extrema izquierda. Para abreviar: entre investigaciones y contrainvestigaciones, a Vinciguerra le condenan a cadena perpetua, desde donde sigue haciendo revelaciones sobre la estrategia de la tensión. Habla de la matanza de Bolonia (o sea que entre una matanza y la otra los contactos existen, y no son imaginaciones mías) y dice que el atentado de la piazza Fontana de 1969 fue planeado para empujar al entonces presidente del gobierno Mariano Rumor a que declarara el estado de emergencia. Añadía, además, te lo leo: «No se puede vivir en clandestinidad sin dinero. No se puede vivir en clandestinidad sin apoyos. Podía elegir el camino que han seguido otros, encontrar otros apoyos, tal vez en Argentina con los servicios secretos. Podía elegir también el camino de la delincuencia. Pero no soy propenso ni a colaborar con los servicios secretos ni a ser un delincuente. Así pues, para recuperar mi libertad tenía únicamente una elección. Que era la de entregarme. Y eso he hecho». Se trata sin duda de la lógica de un loco exhibicionista, pero de un loco que tiene información fidedigna. Y ahí tienes mi historia, prácticamente reconstituida: la sombra de Mussolini, dado por muerto, domina todos los acontecimientos italianos yo diría que desde 1945 hasta hoy, y su muerte real desencadena el periodo más terrible de la historia de este país, implicando al *stay-behind*, a la CIA, a la OTAN, a la Gladio, a la logia P2, a la mafia, a los servicios secretos, a los altos mandos militares, a ministros como Andreotti y a presidentes como Cossiga, y naturalmente a buena parte de las organizaciones terroristas de extrema izquierda, debidamente infiltradas y manipuladas. Por no decir que Aldo Moro fue secuestrado y asesinado porque sabía algo y habría hablado. Y si quieres, añádele casos criminales menores que aparentemente no tenían ninguna importancia política...

—Sí, la alimaña de la via San Gregorio, la jabonera de Correggio, el monstruo de la via Salaria...

—No me seas sarcástico, quizá aquellos primeros casos de la posguerra no, pero para todo lo demás es más económico, como suele decirse, ver una historia única dominada por una sola figura virtual que parecía dirigir el tráfico desde el balcón del palacio Venecia, aunque nadie lo veía. Los esqueletos —e indicaba a los huéspedes silenciosos que nos rodeaban— pueden salir de noche y poner en escena su danza macabra. Hay más cosas en el cielo y en la tierra, etcétera, etcétera, ya lo sabes. Pero lo que no falla es que, cesada la amenaza soviética, la red Gladio fue relegada oficialmente a la buhardilla, y tanto Cossiga como Andreotti hablaron de ella para exorcizar su fantasma, para presentarla como si se hubiera tratado de algo normal que se dio con el consenso de las autoridades, de una comunidad formada por patriotas, como las Sociedades Carbonaras del siglo diecinueve. Pero ¿de veras ha acabado todo o algunos grupos se resisten a morir y siguen trabajando en la sombra? Creo que todavía nos queda mucho por ver. —Miró a su alrededor, ceñudo—. Pero ahora es mejor salir, no me gusta ese grupo de japoneses que está entrando. Los espías orientales están por todas partes, ahora también China está en el juego, y además, entienden todas las lenguas.

Mientras salíamos y volvía a respirar a todo pulmón al aire libre, le pregunté:

—¿Y lo has verificado bien todo?

—He hablado con personas que están al corriente de muchas cosas y le he pedido consejo también a nuestro colega Lucidi. Quizá no lo sepas pero está vinculado con los servicios.

—Ya lo sé. Pero tú, ¿te fías de él?

—Es gente acostumbrada a guardar silencio, no te preocupes. Necesito unos días más para reunir otras pruebas irrefutables, irrefutables repito, y luego me planto ante Simei y le presento los datos de mi investigación. Doce entregas para doce números cero.

Aquella noche, para olvidar los huesos de San Bernardino, llevé a Maia a un restaurante a la luz de las velas. Naturalmente no le hablé de la red Gladio, evité platos en los que fuera necesario deshuesar nada, y poco a poco fui saliendo de mi pesadilla vespertina.

XVI

Sábado, 6 de junio

Braggadocio se tomó unos días para poner a punto sus revelaciones y el jueves se encerró en el despacho de Simei toda la mañana. Salió hacia las 11, con Simei que le aconsejaba:

—Controle bien ese dato una vez más, se lo ruego, quiero estar seguro.

—No lo dude —le respondía Braggadocio que irradiaba buen humor y optimismo—. Me veo esta noche con alguien en quien confío y lo vuelvo a verificar otra vez.

Por lo demás, la redacción estaba ocupada toda ella en definir páginas fijas del primer número cero: los deportes, los pasatiempos de Palatino, algunas cartas de desmentido, los horóscopos y las esquelas.

—Jo, por mucho que nos inventemos —dijo en un determinado momento Costanza—, me da que no conseguiremos llenar veinticuatro páginas. Necesitamos otras noticias.

—Está bien —dijo Simei—, Colonna, eche una mano usted también, si es tan amable.

—Las noticias no es necesario inventarlas —observé—, basta con reciclarlas.

—¿Cómo?

—La gente tiene una memoria corta. Les voy a proponer un ejemplo paradójico: todos deberían saber que Julio César fue asesinado en los Idus de marzo, pero las ideas al respecto son confusas; buscamos, entonces, un libro inglés reciente en el que se reconsidere la historia de César y con eso sacamos un titular de impacto, «Clamoroso descubrimiento de los historiadores de Cambridge. César fue asesinado verdaderamente en los Idus de marzo». Contamos la historia de nuevo y ya tenemos una noticia pistonuda. Ahora, con la historia de César he exagerado, vale, pero si se habla del Pio Albergo Trivulzio, de ahí sacamos un reportaje sobre las analogías con la historia del Banco Romano. Es un asunto de finales del siglo diecinueve y no tiene nada que ver con los escándalos actuales, pero escándalo llama a escándalo, basta con aludir a ciertos rumores que corren, y se cuenta la historia del Banco Romano como si fuera de ayer mismo. Creo que Lucidi sabría sacar algo bueno.

—Excelente —dijo Simei—. ¿Y qué hay, Cambria?

—Veo un despacho de agencia, otra virgen que se ha puesto a llorar en un pueblecito del sur.

—Espléndido, ¡saque una noticia con garra!

—Algo sobre la repetitividad de las supersticiones...

—¡Bajo ningún concepto! No somos el boletín de la asociación de ateos y racionalistas. La gente quiere milagros, no escepticismo *radical chic*. Contar un milagro no equivale a decir que el periódico cree en él, no nos compromete. Se relata el hecho, o se dice que alguien asistió al hecho. Si luego las vírgenes lloran de veras, eso no es asunto nuestro. Las conclusiones las debe sacar el lector, y si es creyente, creerá. Titular a muchas columnas.

Todos se pusieron a trabajar excitados. Pasé junto a la mesa de Maia, muy concentrada en sus esquelas, y le dije:

—Y ya sabes, sus afligidos familiares…

—Y el amigo Filiberto se une al dolor que embarga a la querida Matilde y a los queridísimos Mario y Serena —repuso ella.

—Mejor Gessica con ge o Samanta sin hache —le sonreí alentador, y me alejé.

Pasé la noche en casa de Maia consiguiendo transformar en alcoba, como sucedía a veces, aquel cuartito habitado por libros apilados en torres tambaleantes.

Entre las pilas había muchos discos, todo música clásica en vinilo, herencia de sus abuelos. A veces nos quedábamos tumbados mucho tiempo, escuchando. Aquella noche Maia había puesto la Séptima de Beethoven y con los ojos brillantes me contaba que, desde la adolescencia, le entraban ganas de llorar con el segundo movimiento.

—Empezó cuando tenía dieciséis años: estaba sin blanca

y gracias a uno que conocía pude colarme gratis en el gallinero, pero no tenía asiento por lo que me acurruqué en los escalones y poco a poco me fui tumbando. La madera era dura, pero no me daba cuenta. Y en el segundo movimiento pensé que querría morirme así, y me eché a llorar. Estaba un poco loca. Pero he seguido llorando también cuando he recuperado la cordura.

Nunca había llorado escuchando música, pero me estaba conmoviendo que ella lo hiciera. Después de algunos minutos de silencio, Maia dijo:

—Él, en cambio, es un simplón.

¿Él, quién? Pues Schumann, me dijo Maia como si tuviera la cabeza quién sabe dónde. Su autismo, como siempre.

—¿Schumann un simplón?

—Pues sí, mucha efusión romántica, y no habría podido ser de otro modo, vista la época, pero era puramente cerebral. Y de tanto devanarse los sesos, se los sorbió. Entiendo por qué su mujer luego se enamoró de Brahms. Otro temperamento, otra música y un vividor. Y que te quede claro que no te estoy diciendo que Robert era malo; entiendo que tenía su talento, no era uno de esos grandes fanfarrones.

—¿Cuáles?

—Pues ese faramallón, Liszt, o el otro farfantón de Rachmaninov; esos sí que hacían mala música, golpes de efecto a raudales, para hacer dinero, concierto para bobalicones en do mayor, cosas por el estilo. Si los vas a buscar, no encontrarás sus discos en esa pila. Los tiré a la basura. Brazos sustraídos a la agricultura.

—Ah, ¿y quién es mejor que Liszt, para ti?

—Pues Satie, ¿no?

—Pero con Satie no lloras, ¿verdad?

—Claro que no; Satie no lo habría querido, lloro solo con el segundo movimiento de la Séptima. —Luego, tras una pausa—: Y desde la adolescencia, también lloro con algo de Chopin. Desde luego no con sus conciertos.

—¿Por qué con sus conciertos no?

—Porque si lo quitabas del piano y le ponías delante de una orquesta, ya no sabía qué hacer. Hacía pianismo para arcos, metales y tímpanos. Y además, ¿has visto esa película con Cornel Wilde en la que Chopin derramaba una gota de sangre sobre el teclado? Imagínatelo dirigiendo a una orquesta, ¿va y chorrea sangre sobre el primer violín?

Maia no dejaba de sorprenderme, incluso cuando creía que la conocía bien. Con ella hasta aprendería a comprender la música. Por lo menos, a su manera.

Fue la última noche feliz. Ayer me desperté tarde y llegué a la redacción solo hacia el final de la mañana. Nada más entrar vi hombres de uniforme que rebuscaban en los cajones de Braggadocio, y un tipo de paisano que interrogaba a los presentes. Simei estaba en la puerta de su despacho, térreo.

Cambria se me acercó, hablándome bajito como si tuviera que comunicarme un secreto.

—Han matado a Braggadocio.

—¿Qué? ¿Braggadocio? ¿Cómo?

—Un vigilante nocturno, esta mañana a las seis, volviendo a casa en bici, ha visto un cadáver tumbado boca abajo, con una herida en la espalda. A esa hora ha tardado bastante en dar con un bar abierto y llamar al hospital y a la policía. Una cuchillada, lo ha establecido inmediatamente el forense, una sola pero asestada con fuerza. Se han llevado el cuchillo.

—¿Pero dónde ha ocurrido?

—En un callejón que está por donde la via Torino, cómo se llama…, creo que Bagnara o Bagnera.

El tipo de paisano se me acercó, rápidas presentaciones, era un inspector de policía, y me preguntó cuándo había visto a Braggadocio por última vez.

—Aquí en la redacción, ayer —contesté—, supongo que igual que todos mis colegas. Luego me parece que se fue solo, un poco antes que los demás.

Me preguntó, como supongo que a todos, dónde había pasado la tarde y noche. Le dije que había cenado con una amiga, y luego me fui enseguida a la cama. Evidentemente no tenía una coartada, pero parece que no la tenía ninguno de los presentes y el inspector no me pareció muy preocupado. Era solo una pregunta, como se dice en las series de policías, de rutina.

Quería saber, más bien, si me constaba que Braggadocio tuviera enemigos, si como periodista estaba siguiendo alguna pista peligrosa. Ni por asomo me iba a ir de la lengua con él, no por complicidad, sino porque empezaba a entender que si alguien había quitado de en medio a Braggadocio debía de ser por lo de su investigación, y resolví en el acto que, si demostraba que sabía algo, alguien pensaría que también era útil eliminarme a mí. No tengo que hablar ni siquiera con la policía, me decía, ¿o acaso no me ha dicho Braggadocio que en sus historias estaban involucrados todos, incluso los guardas forestales? Y si hasta ayer pensaba que era un mitómano, ahora su muerte le otorgaba cierta credibilidad.

Sudaba, pero el inspector no se dio cuenta, o lo atribuyó a la emoción del momento.

—No sé qué estaba haciendo exactamente Braggadocio estos días —le dije—, quizá se lo pueda decir el *dottore* Simei, a él le corresponde asignar los textos. Me parece recordar que se estaba ocupando de un reportaje sobre la prostitución; no sé si esta pista puede serles de utilidad.

—Veremos —dijo el inspector, y pasó a interrogar a Maia, que estaba llorando. No le tenía precisamente cariño, me estaba diciendo yo, pero un muerto asesinado es un muerto asesinado, pobre pequeña mía. Sentía piedad no por Braggadocio sino por ella, que sin duda se estaba sintiendo culpable por haber hablado mal de él.

En ese momento Simei me hizo el gesto de que entrara en su despacho.

—Colonna —me dijo, sentándose en su mesa con las manos que le temblaban—, usted sabe en qué estaba trabajando Braggadocio.

—Sé y no sé, me había insinuado algo pero no estoy seguro de que…

—No se haga el sueco, Colonna, usted ha entendido perfectamente que a Braggadocio le han dado un navajazo porque iba a revelar algo. Todavía ahora no sé qué era verdad y qué inventado, pero es seguro que, de los cien asuntos que manejaba en su investigación, por lo menos con uno había dado en el clavo, y por eso lo han hecho callar. Y como ayer me contó su historia también a mí, también yo conozco ese asunto, aunque no sé cuál exactamente. Y puesto que me dijo que se la había confiado a usted, pues también usted sabe. Así que estamos los dos en peligro. Por si fuera poco, hace dos horas, el *Commendatore* Vimercate ha recibido una llamada. No me ha dicho de quién, ni qué le han referido, pero Vimercate ha pensado que la iniciativa de *Domani* se ha vuelto peligrosa también para él, y ha decidido abandonar el negocio. Ya me ha mandado los talones para los redactores, van a recibir un sobre con dos meses de sueldo y entrañables palabras de despedida. Es toda gente sin contrato, y no pueden protestar. Vimercate no sabía que también usted estaba en peligro, y como yo creo que le va a ser difícil ir por ahí a cobrar su talón, lo rompo; tengo fondos en la caja y para usted he puesto en un sobre dos meses en metálico. Mañana mismo se desmantelarán estas oficinas. En cuanto a nosotros dos, olvidemos nuestro pacto, su encargo, el libro que debería haber escrito. *Domani* muere: hoy mismo. Aun así, aunque el periódico cierre, usted y yo seguimos sabiendo demasiado.

—Pero creo que Braggadocio habló también con Lucidi.

—Está claro que Braggadocio no había entendido nada de nada. Ese fue su fallo. Lucidi se olió que nuestro difunto amigo estaba manejando algo peligroso y fue a referírselo inmediatamente... ¿a quién? No lo sé, pero desde luego a alguien que ha decidido que Braggadocio sabía demasiado. Nadie tocará a Lucidi, ese está del otro lado de la barricada. Pero a nosotros dos quizá sí. Le digo lo que voy a hacer yo. En cuanto la policía se vaya, meto en un maletín el resto de la caja, me voy corriendo a la estación y tomo el primer tren para Lugano. Sin equipaje. Allí conozco a uno que puede cambiar la identidad de cualquiera: nuevo nombre, nuevo pasaporte, nueva residencia, ya veremos dónde. Yo desaparezco del mapa antes de que los asesinos de Braggadocio me encuentren. Espero tomarles la delantera. Y a Vimercate le he pedido que me ingrese el finiquito en dólares en el Credit Suisse. En cuanto a usted, no sé qué aconsejarle, pero lo primero es que se encierre en casa y no se dedique a zascandilear por la calle. Luego, encuentre la manera de largarse a algún sitio; yo elegiría un país del Este, donde nunca haya existido un *stay-behind*.

—¿Pero usted cree que todo esto es por lo del *stay-behind*? Es un tema de dominio público. ¿O por el tema de Mussolini? Es un asunto grotesco que nadie se creería.

—¿Y el Vaticano? Aun cuando la historia no fuera verdadera, saldría en los periódicos la noticia de que la Iglesia protegió la fuga del Duce en el cuarenta y cinco y lo cobijó durante casi cincuenta años. Con el embolado en que la han metido Sindona, Calvi, Marcinkus y el resto de la tropa, antes de que se demuestre que lo de Mussolini es una patraña, el escándalo habrá llegado a toda la prensa internacional. No se fíe de nadie, Colonna, enciérrese en casa por lo menos esta noche, luego piense en esfumarse. Puede ir tirando algunos meses, y si se va, pongamos, a Rumanía, allí la vida no cuesta nada y con los doce millones de liras que tiene en este sobre puede vivir como un señor durante bastante tiempo, luego ya verá usted. Adiós, Colonna. Siento que haya acabado así; es como ese chiste de nuestra Maia sobre el vaquero de Abilene: qué pena, hemos perdido. Déjeme preparar mi marcha en cuanto los policías se larguen.

Yo quería desaparecer enseguida, pero ese maldito inspector siguió interrogándonos a todos sin conseguir nada, y mientras tanto había llegado a la tarde.

Pasé junto al escritorio de Lucidi, que estaba abriendo su sobre.

—¿Ha sido recompensado como es debido? —le pregunté, y él entendió sin duda a qué aludía.

Me miró de abajo arriba y se limitó a preguntarme:

—¿Pero a usted qué le había contado Braggadocio?

—Sé que estaba siguiendo una pista, pero nunca quiso decirme cuál.

—¿De verdad? —comentó—. Pobre diablo, quién sabe en qué estaría metido.

Luego se dio la vuelta hacia el otro lado.

En cuanto el inspector me permitió irme con el habitual «quede a nuestra disposición por si le necesitáramos», le susurré a Maia:

—Vete a casa y espera mis noticias; aunque no creo que te llame antes de mañana por la mañana.

Me miró aterrada.

—Pero tú, ¿qué tienes que ver?

—Nada, no tengo nada que ver, qué ideas se te ocurren, pero estoy intranquilo, es natural.

—¿Y qué está pasando? Me han dado un sobre con un talón y muchas gracias por mi apreciada colaboración.

—El periódico cierra, ya te lo explicaré.

—Pero ¿por qué no me lo explicas ahora?

—Te juro que te lo cuento todo mañana. Quédate tranquila en casa. Te lo pido por favor, hazme caso.

Me hizo caso, con ojos interrogativos y bañados en lágrimas. Y yo me fui sin decir nada más.

Pasé la noche en casa, sin comer, vaciando media botella de whisky, y pensando en qué podría hacer. Luego, como estaba agotado, me tomé un Stilnox y me quedé dormido.

Y esta mañana no salía agua del grifo.

XVII

Sábado, 6 de junio, 12 h

Eso es todo. Ahora lo he reconstruido. Intento recoger las ideas. ¿Quiénes son «ellos»? Simei lo dijo: Braggadocio juntó, con razón o sin ella, una cantidad de hechos. ¿Cuáles de estos hechos podían preocupar a alguien? ¿El asunto de Mussolini? En ese caso, ¿quiénes tenían las de perder?, ¿el Vaticano?, ¿algunos cómplices del golpe Borghese que seguían ocupando posiciones en la cúpula del Estado y que transcurridos más de veinte años deberían de estar todos muertos?, ¿los servicios? ¿pero cuáles? Cabe también que solo se tratara de un viejo fulano que vivía de miedos y de nostalgias y lo había planeado todo él solo, divirtiéndose incluso en amenazar a Vimercate, como si detrás de él tuviera, qué sé yo, a una mafia como la Sacra Corona Unita. Un loco, pues, pero si un loco te busca para dejarte tieso es tan peligroso como uno cuerdo, o incluso más. Por ejemplo, ya sean «ellos», ya sea el loco aislado, alguien ha entrado en mi casa esta noche. Y si ha entrado una vez, podría entrar también una segunda. Por lo tanto, yo, aquí, no debería estar. Pero bien mirado, este loco o estos «ellos», ¿están seguros de que yo sé algo de verdad? ¿Braggadocio le dijo algo a Lucidi sobre mí? Por lo que parece, no, o no del todo, si he de juzgar por las últimas palabras que crucé con ese soplón. Ahora bien, ¿puedo considerarme a salvo? Sin duda, no. De esto a huir a Rumanía, hay un trecho, quizá sea mejor aguardar los acontecimientos, leer lo que dirán los periódicos de mañana. Si, por casualidad, no hablan del homicidio de Braggadocio, entonces el asunto pinta peor de lo que espero; quiere decir que alguien intenta silenciarlo todo. Lo que es seguro es que tengo que esconderme por lo menos por un tiempo. ¿Dónde?, visto que sería peligroso hasta sacar las narices fuera de casa

He pensado en Maia y en el refugio de Orta. Mi relación con Maia ha pasado inadvertida, creo, y ella no debería estar bajo control. Ella no, pero mi teléfono sí, de modo que no puedo llamarla desde casa y para llamarla desde fuera tengo que salir.

Me he acordado de que, desde mi patio, se entra en el bar de la esquina, a través del baño. Y me he acordado también de que al fondo del patio hay una puerta cerrada desde hace décadas. La historia me la contó el casero, cuando me entregó las llaves del piso. Con la del portal y la de la puerta del rellano había otra, vieja y oxidada. No le va a servir nunca —dijo el casero sonriendo—, pero desde hace cincuenta años, cada inquilino tiene una. Mire, aquí durante la guerra no teníamos refugio antiaéreo mientras que había uno bastante bueno en la casa de enfrente, la que da a Quarto dei Mille, la paralela de la nuestra. Entonces se abrió un pasaje al fondo del patio para que las familias pudieran llegar deprisa al refugio en caso de alarma. La puerta permanecía cerrada, de un lado y de otro, pero cada inquilino tenía una llave, que, como ve, en casi cincuenta años, se ha oxidado. No creo que le vaya a servir jamás, aunque, en el fondo, esa puerta sigue siendo una buena vía de huida en caso de incendio. Si quiere, métala en un cajón, y olvídela.

Eso es lo que tenía que hacer. He bajado al patio, he entrado en el bar por atrás; el dueño me conoce y ya lo había hecho otras veces. He mirado a mi alrededor; era por la mañana y no había casi nadie, una pareja mayor sentada en una mesita con dos capuchinos y dos cruasanes, no parecían agentes secretos. He pedido un café doble, tenía que despertarme de alguna manera, y me he metido en la cabina telefónica.

Maia ha contestado enseguida, agitadísima, y le he pedido que me escuchara en silencio.

—A ver, presta atención y no preguntes nada. Mete en una bolsa de viaje lo que haga falta para quedarnos en Orta unos días, luego coge tu coche. Detrás de mi casa, en Quarto dei Mille, no sé bien qué número, debe de haber un portal, más o menos a la altura de mi casa. Quizá esté abierto porque creo que da a un patio donde hay un almacén de no sé qué. A lo mejor puedes entrar, o puedes esperar fuera. Sincroniza tu reloj con el mío, deberías poder llegar en un cuarto de hora; digamos que nos encontramos ahí dentro de una hora exacta. Si el portal estuviera cerrado, yo estaré fuera esperándote, pero llega puntual porque no quiero estar mucho tiempo en la calle. Por favor, no preguntes nada. Toma la bolsa, súbete al coche, calcula bien los tiempos y ven. Luego te lo contaré todo. No creo que te siga nadie, pero para estar segura mira por el retrovisor y si te parece que alguien te sigue, actúa con imaginación, da vueltas absurdas, haz que pierdan tu rastro; será difícil mientras estés en los Navigli, pero luego tienes muchas maneras de darles esquinazo, incluso saltándote un semáforo en rojo, de modo que los otros deban pararse. Confío en ti, mi amor.

Maia habría podido dedicarse perfectamente a los atracos a mano armada porque lo ha hecho todo a la perfección y a la hora convenida ya había entrado en el portal, tensa pero satisfecha.

Me he metido en el coche volando, le he indicado dónde torcer, para poder llegar lo antes posible al fondo del viale Certosa; de allí ya sabía ella llegar a la autopista para Novara y conocía mejor que yo la salida para Orta.

Casi no he hablado en todo el viaje. Llegados a casa le he dicho que ella correría peligro si le contaba lo que sabía. ¿Prefería confiar en mí y quedarse a oscuras de todo? No, claro que no, faltaría más.

—Perdona —ha dicho—, aún no sé de quién o de qué tienes miedo pero o nadie sabe que salimos tú y yo, y entonces no corro peligro; o si lo saben, pensarán que estoy al corriente de todo. Así que desembucha, si no, ¿cómo lograré pensar lo que piensas tú?

Intrépida. He tenido que contárselo todo, en el fondo ya era carne de mi carne, como manda el Libro.

XVIII

Jueves, 11 de junio

Los días pasados me atrincheré en casa y tenía miedo de salir.

—Pero vamos —me decía Maia—, aquí no te conoce nadie, quienesquiera que sean los que temes, no saben que estás aquí...

—No importa —contestaba yo—, nunca se sabe.

Maia empezó a cuidarme como a un enfermo, me dio ansiolíticos, me acariciaba la nuca mientras yo permanecía sentado delante de la ventana mirando el lago.

El domingo por la mañana, Maia salió temprano a comprar los periódicos. El homicidio de Braggadocio estaba en la sección de sucesos, sin demasiado relieve: asesinato de un periodista, que quizá estaba investigando sobre un circuito de prostitución y había sido castigado por algún proxeneta.

Parecía que habían aceptado esa tesis, siguiendo la pista que había sugerido yo, o quizá por alguna indicación de Simei. Desde luego ya no pensaban en nosotros los redactores, y ni siquiera se habían dado cuenta de que Simei y yo habíamos desaparecido. Por otra parte, si habían vuelto a la redacción, la habían encontrado vacía, y ese inspector ni siquiera había tomado nota de nuestras direcciones. Buena madera de Maigret. Pero no creo que le preocupáramos nosotros. La pista de la prostitución era la más cómoda, un caso rutinario. Naturalmente, Costanza habría podido decir que de esas señoras se estaba ocupando él, pero es probable que se hubiera convencido de que la muerte de Braggadocio de alguna manera tenía que ver con ese mundo, y empezara a temer por sí mismo. Así es que no dijo esta boca es mía.

Al día siguiente, Braggadocio había desaparecido también de la sección de sucesos. La policía debía de tener demasiados casos por el estilo, y el muerto era solo un cronista de poca monta. *Round up the usual suspects*, y ya está.

Al crepúsculo yo miraba sombrío el lago que se ensombrecía. La isla de San Giulio, tan radiante bajo el sol, surgía de las aguas como la isla de los muertos de Böcklin.

Entonces Maia decidió que necesitaba un acicate y me llevó a dar un paseo por el Sacro Monte. No lo conocía, es una serie de capillas que se encaraman en una colina, y en ellas se despliegan místicos dioramas de estatuas policromadas de tamaño natural, ángeles sonrientes pero, sobre todo, escenas de la vida de san Francisco. Para mi desgracia, en una madre que abrazaba a una criatura doliente veía yo a las víctimas de algún remoto atentado; en una reunión solemne con un Papa, varios cardenales y tenebrosos capuchinos, adivinaba yo un concilio del banco vaticano que planeaba mi captura. Ni todos esos colores ni las demás pías terracotas lograban hacerme pensar en el reino de los cielos: todo parecía alegoría, pérfidamente enmascarada, de fuerzas infernales que conspiraban en la sombra. Llegaba a fantasear que de noche esas figuras se esquelitazaran (¿qué es, al cabo, el cuerpo rosa de un ángel sino un integumento mendaz que esconde un esqueleto, aun celestial?) y participaran en la danza macabra de San Bernardino alle Ossa.

La verdad, no me creía tan miedoso, y me daba vergüenza que Maia me viera en ese estado (bien, me decía, ahora me deja plantado también ella), pero tenía siempre delante de mis ojos la imagen de Braggadocio boca abajo en la via Bagnera.

Esperaba yo que de un momento a otro, por una repentina hendidura en el espacio-tiempo (¿cómo decía Vonnegut?, un infundibulum cronosinclástico), en la via Bagnera se hubiera materializado de noche Boggia, el asesino de hacía cien años, y se hubiera desembarazado de aquel intruso. Pero eso no explicaba la llamada a Vimercate, y era el argumento que usaba con Maia cuando me sugería que quizá se había tratado de un delito de tres al cuarto. Se entendía a primera vista que Braggadocio era un puerco, que en paz descanse, y a lo mejor se le había ocurrido intentar explotar a una de esas cualquiera, y ahí estaba la venganza del chulo de turno, algo rutinario, de eso que *de minimis non curat praetor*.

—Sí —repetía yo—, ¡pero un proxeneta no llama a un editor para que cierre un periódico!

—¿Y quién te dice que Vimercate haya recibido de veras esa llamada? Quizá estaba arrepentido de haber puesto en pie una iniciativa que le estaba costando demasiado, y en cuanto se enteró de la muerte de uno de sus redactores, aferró al vuelo el pretexto para finiquitar *Domani*, pagando dos meses en lugar de un año de sueldos... O si no: me contaste que él quería *Domani* para que alguien le dijera vale, ya estás en la pomada. Pues bien, supón que un tipo como Lucidi haya hecho llegar allá arriba, a las altas esferas, la noticia de que *Domani* iba a publicar una investigación comprometedora; los de las altas esferas llaman a Vimercate y le dicen ya vale, deja ese periodicucho y quedas admitido en el club. Luego, a Braggadocio lo asesinan independientemente, tal vez el loco de costumbre, y has eliminado el problema de la llamada a Vimercate.

—Pero no he eliminado al loco. A fin de cuentas, ¿quién entró de noche en mi casa?

—Esa es una historia que me has contado tú. ¿Cómo puedes estar seguro de haya entrado alguien?

—Pues entonces, ¿quién cerró el agua?

—Pues entonces, ¿no tienes una señora que va a hacerte la limpieza?

—Solo una vez por semana.

—Vale, ¿y cuándo fue la última vez?

—Viene siempre los viernes por la tarde. A propósito, era el día que supimos lo de Braggadocio.

—¿Lo ves? ¿No podría haber cerrado el agua, precisamente porque le molestaba el goteo de la ducha?

—Pero yo la noche de ese viernes me tomé un vaso de agua para tragarme el somnífero...

—Tú te habrás tomado medio vaso, que te bastaba. Aunque el agua esté cerrada, queda siempre algo en la tubería, y sencillamente no te diste cuenta de que era la última gota que salía de tu grifo. ¿Bebiste más agua durante la noche?

—No, ni siquiera cené, me trinqué solamente media botella de whisky.

—¿Lo ves? No digo que seas un paranoico, pero con la imagen de Braggadocio asesinado y lo que te había dicho Simei, tú pensaste ipso facto que alguien había entrado en tu casa de noche. Y en cambio, no, fue la señora de la limpieza, por la tarde.

—¡Pero a Braggadocio bien que lo han matado!

—Ya hemos hablado de que eso podría ser harina de otro costal. Así que es posible que nadie se estuviera ocupando de ti.

Nos hemos pasado los últimos cuatro días dándole vueltas al tema, construyendo y descartando hipótesis, yo cada vez más sombrío, Maia siempre servicial, incansable, trajinando entre la casa y el pueblo para procurarme provisiones frescas y botellas de whisky, que ya me he pimplado tres. Hemos hecho el amor dos veces, pero yo lo he hecho con rabia, como si quisiera desahogarme, sin placer. Y aun así, sentía que amaba cada vez más a esa criatura que de pajarillo necesitado de amparo se había transformado en loba fiel, dispuesta a morder a quien quisiera hacerme daño.

Hasta esta noche, cuando hemos puesto la televisión y casi por casualidad hemos dado con un programa de Corrado Augias que presentaba una producción inglesa transmitida por la BBC justo el día antes, *Operation Gladio*.

Lo hemos visto fascinados, sin hablar.

Parecía una película con guión de Braggadocio: estaba todo lo que Braggadocio había fantaseado, y algo más, pero las palabras iban acompañadas por imágenes y otros documentos, y quienes las pronunciaban eran personajes incluso famosos. Se comentaban las fechorías del *stay-behind* belga; se descubría que se informaba de la existencia de la red Gladio a los presidentes del gobierno, pero solo a aquellos de los que la CIA se fiaba: por ejemplo, Moro y Fanfani habían estado a oscuras; aparecían declaraciones a toda pantalla de grandes espías como «El engaño es un estado de la mente, y es la mente de un Estado». Salía constantemente en el programa (dos horas y media) el tal Vinciguerra revelándolo todo, incluso que aun antes del final de la guerra, los servicios aliados hicieron firmar a Borghese y a los hombres de su Decima MAS un compromiso de colaboración para oponerse en el futuro a una invasión soviética, y varios testigos afirmaban, todos ellos con candor, que era natural que para una operación como Gladio fuera inevitable contar con los ex fascistas. Por otro lado se veía cómo en Alemania los servicios norteamericanos garantizaron la impunidad incluso a un carnicero como Klaus Barbie.

Salía más de una vez Licio Gelli, que declaraba cándidamente que había sido colaborador de los servicios secretos aliados, aunque Vinciguerra lo definía como un buen fascista; y Gelli hablaba de sus andanzas, de sus contactos, de sus fuentes de noticias, sin preocuparse de que se entendiera perfectamente que siempre había hecho el doble juego.

Cossiga relataba cómo en 1948, siendo un joven militante católico, recibió en dotación un subfusil Sten y granadas, dispuesto a entrar en acción si el Partido Comunista no aceptaba el veredicto de las urnas. Vinciguerra volvía a salir para repetir con tranquilidad que toda la extrema derecha se había consagrado a una estrategia de la tensión para preparar psicológicamente al gran público ante la declaración de un estado de emergencia, y dejaba bien claro que Ordine Nuovo y Avanguardia Nazionale trabajaban con los responsables de los distintos ministerios. Senadores de la comisión de investigación parlamentaria decían sin tapujos que los servicios y la policía en cada atentado adulteraban las pruebas para paralizar las investigaciones judiciales. Vinciguerra declaraba que detrás del atentado de la piazza Fontana no estaban solo los neofascistas que todos habían considerado los ideadores del atentado, Freda y Ventura, sino que por encima de ellos la operación había sido dirigida por la Oficina de Asuntos Reservados del Ministerio de Interior. Y luego se explayaba sobre la forma en que Ordine Nuovo y Avanguardia Nazionale se habían infiltrado en los grupos de izquierdas para empujarlos a llevar a cabo atentados terroristas. El coronel Oswald Lee Winter, hombre de la CIA, afirmaba que las Brigadas Rojas no solo habían sido infiltradas sino que recibían órdenes del general Santovito del servicio de inteligencia militar.

En una entrevista alucinante, uno de los fundadores de las Brigadas Rojas, Franceschini, uno de los primeros que arrestaron, se preguntaba consternado si por casualidad, actuando de buena fe, no lo había movido alguien hacia otros fines. Y el mismísimo Vinciguerra afirmaba que Avanguardia Nazionale había recibido el encargo de difundir carteles pro Mao, para que cundiera el terror de acciones filochinas.

Uno de los comandantes de la red Gladio, el general Inzerilli, no vacilaba en decir que los depósitos de armas estaban en los cuarteles de los carabineros y que los gladiadores podían ir a llevarse lo que necesitaran exhibiendo (como en un folletín) la mitad de un billete de mil liras como contraseña.

210

Se acababa, naturalmente, con el caso Moro, y con el hecho de que se había visto a algunos agentes de los servicios circulando por la via Fani a la hora del secuestro, y uno de ellos se justificaba diciendo que estaba allí porque un amigo lo había invitado a comer, aunque no se entendía por qué había acudido a su cita a las nueve de la mañana.

Naturalmente, el ex jefe de la CIA, Colby, lo negaba todo, pero otros agentes de la CIA, sin ni siquiera ocultar su rostro, hablaban de documentos en los que se indicaban incluso, y con todo lujo de detalles, los sueldos que la organización pagaba a personajes implicados en las matanzas: por ejemplo, cinco mil dólares al mes al general Miceli.

Como se comentaba en el curso del programa de televisión, tal vez se tratara de pruebas indiciarias, sobre cuya base no se podía condenar a nadie, pero eran suficientes para inquietar a la opinión pública.

Maia y yo estábamos trastornados. Las revelaciones superaban las fantasías más exaltadas de Braggadocio.

—A la fuerza —decía Maia—, también él te decía que todas estas noticias circulaban desde hacía tiempo, solo que habían sido borradas de la memoria colectiva, bastaba con buscar en los archivos y hemerotecas para juntar las piezas del rompecabezas. Yo misma, cuando estudiaba y, después, cuando me ocupaba de afectuosas amistades, leía el periódico, qué te crees, y también he oído hablar de estas cosas, pero las he olvidado, como si cada nueva revelación borrara las demás. Bastaba con volver a sacarlo todo: lo hizo Braggadocio y lo ha hecho la BBC. Si mezclas, tienes dos cócteles perfectos, y ya no sabes cuál es el más auténtico.

—Sí, pero probablemente Braggadocio añadió elementos de su cosecha, como la historia de Mussolini, o el asesinato del papa Luciani.

—Vale, Braggadocio era un mitómano y veía conspiraciones por todas partes, pero la esencia del problema sigue siendo la misma.

—Santísimo Dios —he dicho—, pero ¿te das cuenta de que alguien hace unos días mató a Braggadocio por temor a que estas noticias volvieran a salir y ahora, con este programa, habrá millones de personas que lo sabrán?

—Amor mío —me ha dicho Maia—, aquí precisamente reside tu buena suerte. Ponle que de verdad alguien, ya sean los misteriosos ellos o el loco aislado, tuviera miedo, miedo auténtico, de que la gente recordara de nuevo estas cosas, o que volviera a aflorar un hecho menor, que se nos ha escapado también a nosotros que veíamos el programa pero que podría poner en aprietos a un grupo o a un personaje... Pues bien, después de este programa ni «ellos» ni el loco tienen interés ya en quitaros de en medio a ti o a Simei. Si vosotros dos fuerais mañana a los periódicos a contar lo que os dijo Braggadocio, os mirarían como a unos exaltados que repiten lo que han visto en la tele.

—Pero quizá alguien tema que hablemos de lo que la BBC ha callado... Mussolini, Luciani.

—Bien, imagínate que vas a contar la historia de Mussolini. Ya era bastante inverosímil lo que te soltó Braggadocio, ninguna prueba y solo ilaciones alucinantes. Te dirán que eres un pirado que, alentado por el programa de la BBC, das rienda suelta a tus fantasías privadas. Es más, harías su juego: lo veis, dirán, de ahora en adelante cualquier mistificador se sacará una historia distinta de la manga. Y todo ese pulular de revelaciones llevará a sospechar que también las de la BBC eran efecto de una especulación periodística, o de un delirio, como el de los que ven una maquinación detrás de todo, ya sabes, que los norteamericanos no han ido a la Luna y que el Pentágono se empeña en ocultarnos la existencia de los ovnis. Este programa vuelve del todo inútil y ridícula cualquier otra revelación, porque lo sabes (¿cómo era aquel libro francés?) *la réalité dépasse la fiction*, y nadie podría inventarse nada mejor.

—Me estás diciendo que soy un hombre libre.

—Claro que sí, ¿quién dijo que la verdad os hará libres? Esta verdad hará que parezca mentira cualquier otra revelación. En el fondo, la BBC les ha hecho un servicio excelente a «ellos». A partir de mañana podrías ir por el mundo diciendo que el Papa degüella niños y luego se los come o que fue la Madre Teresa de Calcuta la que puso la bomba en el *Italicus*, y la gente dirá «¿Ah, sí? Qué curioso», se dará la vuelta y seguirá a su bola. Me apuesto lo que quieras a que mañana los periódicos ni hablarán del programa. Nada puede turbarnos ya, en este país. En el fondo, hemos visto las invasiones de los bárbaros, el saqueo de Roma, la matanza de Senigallia, los seiscientos mil muertos de la Primera Guerra Mundial y el infierno de la Segunda; ya te puedes imaginar dónde quedan unos centenares de muertos en cuarenta años, que eso es lo que han tardado en cargárselos a todos. ¿Servicios desviados? De risa si piensas en los Borgia. Siempre hemos sido un pueblo de puñales y venenos. Estamos curados de espanto; ante cualquier historia nueva que nos cuenten, decimos que hemos oído historias mucho peores, y quizá esa y aquella eran falsas. Si Estados Unidos, los servicios secretos de media Europa, nuestro gobierno, los periódicos, nos han mentido, ¿por qué no podría habernos mentido también la BBC? El único problema serio para el buen ciudadano es no pagar los impuestos, y luego que los que mandan hagan lo que quieran; al fin y al cabo todos chupan del mismo bote. Y amén. Ya lo ves, me han bastado dos meses con Simei para volverme lista yo también.

—¿Qué hacemos entonces?

—Ante todo, tú te tranquilizas; yo mañana voy a cobrar con calma el talón de Vimercate, y tú a sacar lo que tengas en el banco, si tienes algo…

—Desde abril he ahorrado, así que tengo casi el equivalente a dos sueldos, unos diez millones, más los doce que me dio Simei el otro día. Soy rico.

—Estupendo, también yo he metido algo en la hucha; lo cogemos todo y nos esfumamos.

—¿Esfumarnos? ¿No estábamos diciendo que ya podemos circular sin miedo?

—Sí, pero ¿tú tienes ganas de seguir viviendo en este país, donde las cosas seguirán yendo como han ido, donde si te sientas en una pizzería tienes miedo de que tu vecino sea un espía de los servicios, o vaya a matar al nuevo juez Falcone, quizá haciendo estallar la bomba mientras tú pasas por ahí?

—Ya, ¿pero adónde vamos? Has visto y oído que lo mismo sucedía en toda Europa, desde Suecia hasta Portugal. ¿Quieres escaparte a Turquía entre los Lobos Grises o, si te lo permiten, a Estados Unidos donde matan a los presidentes y la mafia quizá se haya infiltrado en la CIA? El mundo es una pesadilla, mi amor. Yo quisiera bajarme, pero me han dicho que no se puede, viajamos en un rápido sin paradas intermedias.

—Cariño, buscaremos un país donde no haya secretos y todo se desarrolle a la luz del sol. Entre Centroamérica y Sudamérica hay un montón. Nada está oculto: se sabe quién pertenece al cártel de la droga, quién dirige las bandas revolucionarias; te sientas en un restaurante, pasa un grupo de amigos y te presentan a uno como el jefe del contrabando de armas, bien puesto, afeitado y perfumado, con esa camisa blanca almidonada que se lleva por fuera de los pantalones, con los camareros que le hacen reverencias, señor por aquí, señor por allá, y el comandante de la Guardia Civil que va a rendirle pleitesía. Son países sin misterios, todo sucede a la luz del día, la policía pretende ser corrupta por reglamento, gobierno y crimen organizado coinciden por dictamen constitucional, los bancos viven del lavado de dinero sucio y pobre de ti si no llevas capital de dudosa procedencia, te quitan el permiso de residencia; se matan pero solo el uno al otro y dejan en paz a los turistas. Podríamos encontrar trabajo en algún periódico o en una editorial, tengo amigos al otro lado del charco que trabajan en revistas de afectuosas amistades. Bien pensado, es una buena y honrada actividad: cuentas trolas pero todos lo saben y se divierten, y ese cuyo pastel destapas ya ha salido el día antes en la tele destapándolo él mismo. El español se aprende en una semana, y ahí tienes, hemos encontrado nuestra isla en los mares del Sur, Tusitala mío.

Yo solo no sé empezar una acción, pero si otro me pasa la pelota, algunas veces consigo marcar el gol. Es que Maia sigue siendo una ingenua mientras que a mi edad me he vuelto sabio. Y si sabes que eres un perdedor, tu único consuelo es pensar que todos, a tu alrededor, son unos derrotados, incluso los ganadores.

Por eso le he replicado a Maia:

—Mi amor, no estás considerando que poco a poco también Italia se está volviendo como esos países de ensueño en los que quieres exiliarte. Si hemos logrado primero aceptar y luego olvidar todo lo que nos ha contado la BBC, significa que nos estamos acostumbrando a perder la vergüenza. ¿No te has fijado en que todos los entrevistados de esta noche contaban tranquilamente que habían hecho esto y aquello, y casi se esperaban una medalla? Nada de claroscuros en barroco, cosas de Contrarreforma; los tráficos aflorarán en *plein air*, como si los pintaran los impresionistas: corrupción autorizada, el mafioso oficialmente en el Parlamento, el defraudador fiscal al gobierno, y en la cárcel solo los ladrones de pollos albaneses. Las personas decentes seguirán votando a los truhanes porque no darán crédito a la BBC, o no verán programas como los de esta noche porque estarán enganchados a la telebasura, quizá acaben en *prime time* las teletiendas de Vimercate; si matan a alguien importante, funerales de Estado. Nosotros quedémonos fuera de estos juegos: yo me vuelvo a mis traducciones del alemán y tú a tu revista para *coiffeurs pour dames* y salas de espera de los dentistas. Y qué más, una buena película por la noche, los fines de semana aquí en Orta. Y al diablo todos los demás. Basta esperar: cuando se convierta definitivamente en Tercer Mundo, nuestro país será plenamente vivible, como si todo fuera Copacabana: la mujer es reina la mujer es soberana.

Es que Maia me ha devuelto la paz, la confianza en mí mismo o, por lo menos, la sosegada desconfianza en el mundo que me rodea. La vida es llevadera, basta conformarse. Mañana (como decía Scarlett O'Hara, otra cita, lo sé, pero he renunciado a hablar en primera persona y dejo hablar solo a los demás) será otro día.

La isla de San Giulio resplandecerá de nuevo en el sol.

Índice

I. Sábado, 6 de junio de 1992, 8 h 11

II. Lunes, 6 de abril de 1992 23

III. Martes, 7 de abril 30

IV. Miércoles, 8 de abril 52

V. Viernes, 10 de abril 56

VI. Miércoles, 15 de abril 72

VII. Miércoles, 15 de abril, noche 82

VIII. Viernes, 17 de abril 89

IX. Viernes, 24 de abril 95

X. Domingo, 3 de mayo 124

XI. Viernes, 8 de mayo 128

XII. Lunes, 11 de mayo 136

XIII. Finales de mayo 144

XIV. Miércoles, 27 de mayo 150

XV. Jueves, 28 de mayo 159

XVI. Sábado, 6 de junio 186

XVII. Sábado, 6 de junio, 12 h 198

XVIII. Jueves, 11 de junio 203